你好，我命運般的戀人

謙緒 著

目次

第一章

當世界不容許我們相愛

1

「他們接吻了！」

手機螢幕跳出一則來自好友裴歆妍的訊息。

我吞嚥一下口水，手指不自覺顫抖著，一時之間不知該如何回訊。

當我還沉浸在五味雜陳的情緒裡時，螢幕再次亮起，這次是裴歆妍傳回來的現場直擊影片。

人們都說眼見為憑，這句話說得真好。

有影片為證，就算再怎麼不想接受的事實，也得強迫自己的雙眼去面對。

影片中男女主角所處的位置，是通往教學大樓頂樓的樓梯間，也是學生們口耳相傳的告白首選聖地。

儘管，那是個很老套、了無新意的地點，卻相當隱密。

可是，就算再怎麼隱密，仍然少不了有心人的窺伺。

而由於影片中的兩人顏值都很高，不知情的人，也許會誤以為那是一對密會中卻不慎被狗仔跟拍的偶像明星。

事實上，他們只是高中生，其中一位還是我的同班同學。

只見在影片裡，少女輕輕墊起腳尖，伸手勾住少年的頸項，主動對他獻上甜美的一吻。

影片雖然才短短不到一分鐘，我卻任它反覆播放，感覺上像是他已被她親吻過數十遍。

縱使心頭湧上一股難受的揪心痛，但不可否認的是，論外型那兩人堪稱絕配。

是啊，校花和校草的組合，任誰看了應該都會打從心底祝福他們吧？

我默默收起手機，放回口袋。

上課鐘聲恰巧響起，深吸一口氣，我嘗試把難過的心情壓抑在內心深處，同時緊咬下唇，竭力忍住想哭的衝動。

背後傳來同學們進教室的喧嘩和凌亂腳步聲，緊接著，有人用手指輕敲我的肩頭。

「申玥蒔，」耳畔響起了一道低沉的熟悉嗓音，「我忘了帶課本，可以跟妳一起看嗎？」

我反射性地側過頭去望向對方。

其實不用看也知道，來人正是影片中的男主角。

他不僅是我的同班同學，鄰桌，更是我的初戀。

我們自小到大就很有緣，也不曉得某種程度來說，究竟算不算孽緣……反正打從我國一搬來這座城市後，他自然而然地占據了我日常生活的一大部分。

說是如影隨形的存在也不為過。

他是房東的獨生子，我們住在同一個屋簷下。

每天，只要一打開臥室的窗，我便能跟咫尺之內的他對望。只因他的房間正好位於我的對面，中間只隔著一個種滿繽紛花卉的小庭園。

一腳踏出家門，我們行進的方向總是一致，畢竟上的是同一所學校。

巧的是，升上高中後，居然還被分配在同一班，直到現在。

更誇張的是，我和他從高二新學期開始就是鄰桌。

而這還是抽籤抽中的。

看起來，我和他的緣分似乎變得比以前更為緊密了。

我真心懷疑我們的指尖被神繫上一條看不見的紅線，纏繞在彼此之間。

此時，他就站在我座位旁，單手搭在我的椅背上，冷不防俯下身，將那張俊美絕倫的白皙臉龐往我湊近，逼得我不得不與他四目相接。

我和他的臉近到幾乎快親到彼此的距離，我能夠細數他捲翹濃密的長睫羽，甚至可以感受到他溫熱的氣息輕灑在我的鼻尖，糅合著他身上特有的檸檬柑橘香氣。

被他近距離直直凝視，我的臉頰不禁微微熱了起來，心臟也怦怦狂跳，身體僵硬到似是被魔法定格在原地，完全無法抵抗他的致命吸引力。

最可悲的是，我全身上下唯一能自由轉動的只有眼珠子……索性觀察他的面部表情好了。

就算他一如往常地擺出神色自若的模樣，但身為他的多年好友，我輕易便能察覺到他的眉眼間透著一絲隱而不顯的愉悅，看來心情好得不得了。

我情不自禁偷瞄他的嘴唇，那線條優美的薄唇略為紅腫，是幾分鐘前被隔壁班的金綾娜熱情蹂躪過的鐵證。

這表示，他喜歡她嗎？

倘若不喜歡的話，應該會拒絕對方投懷送抱吧？

我記得，他以前拒絕女生都很乾脆，這回倒是直接放任金綾娜親吻，總不會是一年一度的情人節福利大放送吧？

不，重點是，既然他都已經跟她接吻了，為什麼還要故意繼續用這種曖昧的方式跟我說話？超腹黑的心機鬼！

「幹嘛不說話？」他嘴角勾起一抹耐人尋味的弧度，「妳該不會也沒帶課本？或是單純不想跟我一起坐？」

我想回話，但一時之間喉嚨也發不出聲，腦袋驟然閃過一個恐怖的念頭：要是他再繼續追問下去的話，我不爭氣的淚水恐怕隨時會奪眶而出……

不過，要是我真的不小心哭了，他也猜不出理由，不是嗎？

因為他根本不曉得裴歆妍跑去偷拍告白現場的事吧？

然而，不管怎樣，我實在不想在他面前落淚，所以只好咬疼下唇，並攥緊拳頭，讓指甲嵌入手心。雙重刺痛感逼使眼淚暫時不流下。

只是，我沒把握能撐多久。

他始終不把目光從我臉上移開，反而挑了挑眉，微瞇起那雙深邃如幽潭的眼眸問：「妳是怎麼了？看起來不像是沒帶課本的表情。」

「欸欸欸，樊勛！玥蒔沒帶課本啦，拜託你找別人一起看！」

幸好，裴歆妍及時現身拯救了我。

我總算鬆了一口氣。

我本來快虛脫了。

裴歆妍走到我桌子的另一側，朝我擠眉弄眼，還勾勾手，示意要我把椅子搬到她的座位旁邊。

我毫不猶豫，點頭如搗蒜，站起身來準備要搬椅子。

但樊勛依舊沒把手從我椅背挪開，而且當我使勁要移動椅子時，他修長的手指竟死抓著椅子不放。

「你……你放手。」我小小聲地說，儘量不想引起其他同學的注意。

儘管如此，透過眼角餘光，我隱約發覺鄰近同學早已對我倆投以側目。

對此，我的內心急速竄起了不安，心臟愈跳愈快，手心開始冒汗。

「不要。」他果斷拒絕。

「為、為什麼？」我簡直要傻眼了。

「我猜妳其實有帶課本。幹嘛還裝作沒帶？要是被老師發現了，可是會被懲罰的。」

「我、我真的……」

糟糕，我居然說不出口。

與此同時，英文老師已經從教室前門走進來了。

「都上課多久了，怎麼還吵吵鬧鬧？」老師一站上講台，便以凶巴巴的口吻訓斥我們：「你們兩個到底在搞什麼？快坐下！真是的，有時間在那裡拉拉扯扯，倒不如把握時間背單字！」

被老師罵一頓後，樊勛瞅了我一眼，這才不太情願地勉強收手，將自己的椅子搬到斜後方的男同學座位旁邊。

2

為了瞞過樊勛，我只好假戲真做，也跟著把椅子搬到了裴歆妍身旁。

說起來，假裝沒帶課本這件事，真的很蠢。

課堂中，英文老師也就這點，藉機叫我和樊勛上台寫黑板，要我們把一長串的句子翻譯出來。

由於我思緒過於混亂，早已把昨晚預習的部分忘得一乾二淨，只斷斷續續寫出幾個簡單的單字而已。

而樊勛則趁著老師臨時走出教室的空檔，閒來沒事在黑板塗鴉，根本無心解題。

我猜想，這位畫畫天才也許是被突如其來的愛情沖昏頭，所以才會一口氣畫出兩隻很軟萌又相愛的小貓咪。

我之所以知道貓咪熱戀中，是因為他耍幼稚地在小貓頭上用紅色粉筆畫了許多愛心和粉紅泡泡。

結果當老師走回教室，並將視線掃向黑板後，霎時大發雷霆，再次訓誡我和樊勛一番。我敢打賭老師誤會其中一隻貓咪是我的傑作，她還聲稱我和他是天生一對，理由是粗心大意又態度散漫。

頓時，台下發出一陣竊竊笑聲。

我滿臉通紅地低著頭，走下講台，卻聽見身後的樊勛居然暗自追加一句：「我們天生一對有什麼不好？」

我……我們？我和他？

天生一對？

有沒有搞錯？真正跟他相配的人，怎麼會是我呢？應該是那位對他獻吻的校花才對吧。

我耳根子都紅了，氣呼呼緩下腳步，回頭偷偷斜睨了他一眼。

他則露出壞心眼的笑容，揉亂我的頭髮後催促道：「別擋路。」

我正想回嘴時，他就巧妙地從我身邊繞開，往座位的方向走去。

我茫然地望著他頎長的背影，很想對他說：明明都已經吻了別人，請別再跟我搞曖昧了。

然而，礙於當著全班面前，我不想造成尷尬的場面。

我坐回裴歆妍身邊，她伸手幫我理了理凌亂的頭髮，同時壓低音量說：「他今天特別想跟妳搞曖昧耶。」

我無奈地嘆了一口氣，一時不知該如何回答才好。

裴歆妍以近乎逼迫的口氣在我耳邊質問：「欸，我說妳，妳是每天看慣了，才不知道樊勛有多搶手嗎？非得看他被別人搶走才甘心？為什麼不交往啦？要不是怕妳看完影片難過得不想理他，我剛才應該順著他的意，乾脆讓你們坐一起。」

這些問題，從高一到現在，裴歆妍已經問了我不下千百次。

我每次都必須以長篇大論對她解釋，但她從來沒有一次聽得進去。

但我總是會不厭其煩提醒她……並提醒自己。

為了避免再次被老師盯上，我的筆記本成了我和她的對話橋樑。

我拿起桌上的鉛筆，迅速寫上這兩句話：「他都和金綾娜接吻了，說不定他也想嘗試跟她交往看看。」

她隨即握住另一枝筆，用潦草的字跡寫著：「剛才事態緊急，我才會傳訊說是接吻！實際上，應該修正為他、被、吻！我拍影片本來是為了刺激妳，看妳會不會對他積極點。看來沒用！早知道就不拍了。」

對我來說，被吻和接吻，這兩者並無太大的差別，差別只在於，他有沒有拒絕，或是惱怒。

在我看來，似乎沒有？那說成是接吻也不為過呀。

雖說那部短片只錄到他被吻上的那一瞬間為止，但回教室後，他心情顯然好到在黑板上亂塗鴉，也不怕挨罵。

只要一想到那一幕，我的胸口就再一次被滿溢的妒忌感填滿，著實難受。

可是，我有資格吃醋嗎？

沒有吧？

他並不屬於我啊。

再者，我根本配不上他。

沉默幾分鐘後，我又想起了另一件事，忍不住在紙上問：「對了，他有發現妳跑去偷拍嗎？」

裴歆妍歪著頭，思索了好半晌，才寫：「應該沒有。我拍完後，就火速逃離現場了。離開時，他好像還在跟金綾娜說話耶。」

「可是他比妳先進教室。」

「喔，那是因為我太緊張，所以才會跑去福利社買飲料壓壓驚。」

寫完後，她把手探入抽屜，拿出一瓶加熱過的巧克力牛奶塞進我手心，賊賊地笑了笑，附在我耳邊說：「嘿嘿，看，我也有買妳的。這是妳最喜歡的口味！」

「謝謝妳，歆妍，妳對我真好。」我開懷一笑，把頭靠在她的肩膀上。

微溫的觸感透過手掌心散開，暫時舒緩了我鬱悶的情緒，只可惜在課堂上不能將瓶身貼在臉頰。

不知不覺中，我的思緒飄回國三時的情人節，當時我原本已經打定主意要對樊勛表白了……

*

若將時間倒轉回兩年前——

那時國三的我，比起現在的我，多了幾分稚嫩的傻裡傻氣，尚未認清現實世界有多麼殘酷。

雖然時常被樊勛捉弄，拿他沒轍，但其實早在這之前，我已察覺到自己對他萌生了一股無可救藥的愛慕情愫。

我甚至覺得，神特別安排我和他相遇，他是我的命定之人。

當年，我和他，正處於友情和愛情傻傻分不清的膠著狀態。

而比起樊勛當時忽冷忽熱的態度，那時候的我，反而是個隨時隨地都想黏在他身邊的超級黏人精。

就算隔了一個班級的距離，只要一逮到機會，我便會藉故去他班上找他。

那時，我壓根兒不在意旁人的目光。

由於我眼中只看得見他一人，因此，當時的我，根本不清楚別人是怎麼看待我的……我真正在乎的，只有他對我的觀感。

事實上，他無時無刻左右我的喜怒哀樂，也唯有這點，至今從沒改變過。

「送你，巧克力口味的牛奶。」

一大清早，我把一瓶巧克力牛奶晃到他面前。

坐在位子上的他抬起眼，一手托著頭，以慵懶的沙啞嗓音問：「是因為情人節才送的？」

「情、情人節……」我支支吾吾，雙頰泛紅，沒料到他會突然說出這個觸動我心跳加速的關鍵詞。

他實在觀察力敏銳！

不……不對，情人節這詞，從樊勛口中說出來我不該感到意外才對。畢竟這不單只是「情人」的節日，在學校，這可是驗證誰才是全校萬人迷的日子啊！

身為校園男神的他，肯定已經收到不少崇拜者的簡訊和巧克力了吧，更別說被告白的次數一定也比平日翻倍。

我的確是想趁著這次畢業前的情人節，對他告白，但不知道還在今天的哪個時間點最合適，現在只是試水溫而已……

他抬手接過牛奶，喃喃自語：「巧克力和巧克力牛奶，有點不一樣。」

「有……有哪裡不一樣啊……」我怔愣了一下，「這巧克力的成分很濃，很好喝的，不信的話，你可以看一下產品標示。」

「管他的。」

「真的很好喝呢……」我又補充了一次。

不知是否衝著這句話而來，他喝了一口後，馬上站起身來，硬是將轉過來的瓶口擠到我嘴邊，「要喝嗎？」

他、他這是要做什麼？

難道不曉得這叫做間、接、接、吻？

一時之間，我措手不及，不知道該不該接受。

「唷，你們要來個間接接吻嗎？」側坐在隔壁桌沿的平頭男生吃吃笑了起來，他的臉上掛著看好戲的表情，把我內心的疑惑全都代替我說出口了。

我的臉瞬間漲紅，進退兩難。

樊勛沒有理會他，朝我逼近一步，他那銳利的目光穿過額前瀏海掃射過來，定睛注視著我，又問了一次：「喝還是不喝？」

「我……」

我顫抖著手，本想先接過瓶身，卻沒想到有人冷不防從後方用力擦撞我的肩膀。一個失手，我不小心讓牛奶傾倒，竟噴濺到樊勛的制服襯衫上。

「啊——對、對不起！」我驚呼。

倘若這是原味牛奶，就不會出現太過明顯的污漬，但偏偏這是巧克力牛奶，而且還是濃度偏高的情人節特調版本。

他白淨的襯衫一下子染上暗沉的深褐色，牛奶味甚至蓋過他專屬的柑橘檸檬清香。

驚慌失措之下，我沒想太多，趕忙靠上前用雙手拚命擦拭他的衣服，卻沒辦法阻止牛奶迅速滲透他的上衣下擺。

他雙耳泛紅，抓住我的手腕，制止我繼續用衣袖摩擦他的衣服，「我待會脫下來洗就行了，妳先別……」

我登時才意識到這樣的姿勢實在有點曖昧，感覺像是在磨蹭他。

我陡然抽回雙手，後退一大步，驚覺不妙。

「樊勛，天哪！你還好吧？」有兩個跟他同班的女生走了過來，語帶關切地詢問，還好心遞上了面紙。

我認出其中一位是剛才擦撞到我的長捲髮少女。

據我所知，她是同年級中公認長得最漂亮的女孩，一張小巧的巴掌臉，水汪汪大眼，搭配一頭亮麗的長捲髮，看起來像極了精緻的洋娃娃，令人印象深刻。

我甚至記得她的名字叫做閻璃。

另一位是她的好朋友，一位削著俐落短髮的女生，雙手扠腰上下打量我，小聲咕噥了句：「真倒胃口。」

就算再怎麼遲鈍的人，都看得出她們的目光很不友善，對我充滿敵意。

上課鐘聲恰巧響起，打斷了這場鬧劇。

但事情並未就此落幕，我的悲劇才剛要揭幕而已——

*

當天，放學前的打掃時間結束後，我才從外掃區的體育館後花圃離開，正要返回教室。

之所以單獨留到最晚，是因為我打掃時心神不寧，滿腦子想的都是早上那件不小心翻倒牛奶的事。

我對樊勛深感過意不去，一整天都沒臉去見他，不知道該如何賠罪才好。

而他也沒空來找我，大概是忙著應付一票粉絲，畢竟今天是情人節。

等我回過神後，空蕩蕩的掃地區域已剩我一人。

我執起掃把往教室的方向前進，垂頭喪氣地走沒幾步，前方驟然出現一團黑影。

我抬頭一看，擋在我面前的人，竟是樊勛班上的那兩名女生，以及另外三位沒見過的生面孔，她們擺出一副太妹的十足痞樣，把落單的我團團包圍住。

我張開嘴巴，連話都來不及說，其中那位留有一頭俐落短髮的女孩衝上前來，粗魯地一把揪住我的頭髮。

就算我用力掙扎也無濟於事，她和其他四位同夥表現出押犯人的架式，硬是推擠我的背，逼著我只能往前走。

就這樣，我被她們一行人強行拖到體育器材室西側的偏僻女廁。

這裡平時人煙稀少，尤其是放學時間，根本不可能有人會來，更何況她們還甩門上鎖。

她們把我逼到最角落去。

「妳……妳們想做什麼？」我腦袋一片空白，愣愣地問了個傻問題。問完後，才意識到這問題究竟有多蠢。

果然，語音方落，她們無一不對我露出極其不屑，又恨不得掐死我的表情，很明顯是想圍毆我，其中一人甚至搶走我手上的掃把作勢要打我。

一分鐘過去了，她們卻遲遲沒有下手。

我雙腳發軟，渾身發抖，萬萬沒想過這片死寂的氣氛如此令人驚駭，逼得快窒息，由腳底直竄腦門的恐懼感，幾乎要將我整個人吞沒。

在此之前，很幸運地，從小到大我未曾親身經歷過霸凌現場。

看來，我的幸運已經在前一天用盡。

又隔了約莫一分鐘，短髮女孩首先發難，她厲聲指責道：「嘖，沒見過像妳這樣厚臉皮的女人！還明知故問？」

緊接著，那位名為閻璃的女生也跟著開口了，劈頭就罵我：「妳這賤人！故意把飲料潑在樊勛身上，還趁機亂摸他，真是狡猾的婊子！」

「我、我真的不是故意的，我也對他感到很愧疚……」我急忙解釋。

「呸，故意！妳擺明是故意的！」她嘶叫，用力推我一下，「欠教訓！」

我的背倏地撞擊到後方的水泥牆，疼痛不已。

「哈，說什麼不是故意的？閻璃說她親眼看見妳故意翻倒飲料，要什麼心機呀！」短髮女生接續發出尖銳的責備聲，也跟著動手拍打我。

「我真的……真的不是故意的，如果沒被撞到，就……就……」我眼眶泛淚，話說到一半，忍不住瞄向閻璃。

她一迎上我的視線，便迅速將眼神飄移開來。

當時我沒有多想，而今從她心虛的眼神來看，我直覺那時候她肯定是故意擦撞我的。

除了她以外，其他人紛紛對我發出冷嘲熱諷。

「唉唷，明明就是自己故意把飲料灑出來，幹嘛還要撒謊？」

「婊子就是愛說謊！承認犯錯很難嗎？擺明想吃樊勛豆腐嘛！」

「從以前到現在，我們忍妳很久了，知道嗎？一天到晚死巴著人家不放，連上下學也黏在一起，還真以為是他的女朋友？要不是妳，他怎麼可能拒絕小璃表白？」

「沒錯，妳根本配不上樊勛！我們小璃可是全校最美的，妳比得過她嗎？愛說謊的婊子！死騙子！」

她們妳一句我一句，非得把我羞辱到極致不可，並惡意地為我冠上騙子的稱號。

頃刻間，一股不甘於被惡勢力誣賴的決心莫名升起，暫且壓過了我內心的惶恐。

也不知道是從哪冒出來的微弱勇氣，我盯住閻璃，囁嚅地問：「我……我只想弄清楚一件事，妳……妳那時是故意從背後撞我的嗎？」

我猜，她們沒預料到我居然還有膽說話。

聞言，在場所有人都不約而同閉上嘴巴，目光同時移到閻璃臉上。

閻璃咬了咬唇，不敢置信地看了看她的好朋友們。

她霎時惱羞成怒，下一秒，回過頭瞪視我，什麼話都沒說，啪的一聲，她揮起手來奮力甩了我一記耳光。

臉頰傳來燒灼的刺痛感，這還是我有生以來，頭一次被打。

連媽媽都捨不得打我。

一股不甘心，卻又無助的強烈痛楚從心底湧現，比起臉上的疼痛，這種無能為力的感受更為難受。

儘管不想哭，可是我終究無法克制情緒，不禁舉起顫抖的雙手摀住臉，崩潰地痛哭失聲，內心感到既丟臉又痛苦。

「哭什麼？有什麼好哭的？」

「嘖，哭死算了！去死啦！」

她們聽見我的啜泣聲，不但沒有停止對我的奚落與嘲笑，反而更加囂張地把我推倒在地，又踢又踹。

這時，手機響了，她們從我的口袋裡搜出手機。

「幹，樊勛打來的！」瞄了螢幕一眼，短髮女孩咒罵一聲。

由於鈴聲響個不停，她們愈發煩躁，臨時決定要先放過我一馬。

但對我恨之入骨的閻璃卻不想輕易饒恕我，她從洗手台走回來，手裡拎著一桶盛滿的水，咬牙切齒地對我吼道：「走之前，再給妳一個教訓！」

語畢，她舉起那桶冷水，直接朝我臉上潑，我從頭到腳都被淋得溼答答，直淌著水。

見我變得如此狼狽不堪，她得意極了，這才揚起一抹歇斯底里的諷笑說：「清醒一點，認清自己的角色，妳根本配不上他。」

隨即，她們一夥人發出大笑聲，甩上門後，揚長而去。

*

後來，我一直捱到天色全暗下，才踏著蹣跚步伐離開那裡。

期間，手機仍不間斷地響著，我索性設定為靜音。

明明知道樊勛心急如焚，但我就是沒法接聽電話，我害怕他會知道這件事。

我不想讓任何人知道這件丟臉的事，尤其是他。

要是他發現的話，一定會跑去找她們理論。

我不想連累他。

我真心覺得自己很丟臉，簡直羞愧到無地自容。

惡劣的是那群人，但我反而恨透這樣沒用的自己。

那些人所說的每句話，深刻留在我的腦中，尤其是這句特別鮮明，深深扎痛了我的心：「妳根本配不上他。」

恐怖的是，這竟讓我覺得，喜歡樊勛這件事，變得極其可恥。

就算只有她們那幾個認為如此，但我實在難以控制自己的悲觀思緒，開始不由自主地想著：萬一每個人都這麼想，怎麼辦？也許他們只是忍耐不說，其實充滿敵意，對吧？

另一方面，我的心境又很矛盾，我不甘於放棄。

我是真的、真的非常喜歡他，喜歡他到無法自拔的境界。

這一刻，我的心情糾結得很，該放棄和不該放棄的念頭，持續在我內心形成拉鋸戰。

——放棄吧。

當我踏上通往教室的階梯時，每走一步台階，我就這麼告訴自己。

——好，我得放棄，我即將要放棄了，任何人都無法阻止我。

總算，我預感自己遲早會被說服。

眼淚一滴又一滴地落下。

那沒什麼。

因為，我的心在淌血。

直到……

「申玥蒔！」一道急促的呼喊聲從我頭頂上方響起。

抬頭一望，我看見樊勛就站在樓梯口，又驚又急地望著我。

他臉色慘白，頭髮凌亂，衣衫不整，看起來比我還要狼狽萬分。

我的內心愧疚不已，眼淚潰堤，說不出話來。

樊勛緊握住手機，渾身劇烈顫抖，氣急敗壞地大喊：「妳到底跑去哪了？」

我後來才知道，原來他為了找我，發瘋似地幾乎跑遍整間校園，沒找著只好急忙奔回家，卻發現我還沒回去，又重新跑回學校。

那群人很狡詐，故意挑在門口貼有故障標示的女廁下手。

樊勛一定沒料到我會被抓去那裡。

我從沒見過他如此慌亂的模樣。

他向來很淡定，對許多事物都一派漠然，也總是以捉弄我為樂……

而現在，他為了我，居然一反常態，急得像熱鍋上的螞蟻。

「我差點就要報警了！」

他沒等我踩上階梯，就直衝下來，把我緊緊擁入懷裡，好似我是全世界他最在乎的人。

我分辨不清，這失速狂亂的心跳聲，是我的，還是他的。

我的身體抖得很厲害，但他的不遑多讓。

原本冰冷的身子，在他炙熱擁抱下，陡然變得溫暖起來。

我感覺好多了。

半晌過後，他緩緩鬆開懷抱，低頭仔細端詳我。

雙手輕輕捧著我的臉，他微瞇起那雙深邃眼眸，眼底掠過一絲令人捉摸不定的憂愁，柔聲低語：「會冷嗎？外面沒下雨，怎還會淋成落湯雞？跌入水池了？」

不想使樊勛產生其他的聯想，於是我趕緊附和道：「嗯……就……就不小心掉進去了……我以為頭髮差不多快乾了。」

我居然說謊了。

諷刺的是，我再度想起了那些人冰冷刺骨的話。

我不由得打了個寒顫。

「該死，我沒想到妳會掉進噴水池，早知道我應該要先去那裡找妳……」

他快速脫下外套，直接披在我身上，隨即再次將我攬往懷中。

他的溫度，再次溫暖了我的心，從絕望的深淵把我救回來。

很可悲的是，小小的希望火苗又重新在我內心深處燃起，那夥人沒能成功撲滅。

我還是很喜歡他。

比以前還要喜歡他。

在回家的路上，他很安靜，什麼話也沒說。

我也沒主動開口。

雜亂的思緒一刻沒停過，我有太多煩惱可以想，而他，似乎也有許多心事。

我們相偕走著，穿過一條靜謐的巷子後，不遠處就是家。

忽然，他無預警地停下腳步，我也跟著停下來。

「怎麼了？」

我仰起頭看他，滿懷困惑。

他轉過頭來專注地凝望著我，彷彿眼裡再也容不下其他事物。

街道兩側路燈的柔暖光亮，映照在他白皙無瑕的臉龐上，那雙黑眸閃爍著淺淺微光，迷濛的眼神清晰可見。

我莫名緊張起來，只能緊握雙手，努力壓抑緊繃的情緒。

「我有話想說。」他伸手握住我的雙肩，停頓了下，才又開口，「剛才，我在找妳的時候，許下一個誓言。我告訴自己，只要找到妳，就非得對妳坦承一件事。」

「什、什麼事？」我心跳飛快，雙頰滾燙。

我有預感，他想說的話，正是我今早想對他說的話——

「我不想跟妳間接接吻。」

這簡直是晴天霹靂。

我沒料到他會這麼說。

瞠目結舌，我喉嚨擠不出半個字。

「別擔心，我想說的不只這個，」他很殘忍，細細品嘗我臉上流露的哀傷後，才接下去說：

「我想更直接一點。」

「直……直接？」我滿頭霧水地問。

「像這樣。」

沒等我反應，他霸道地執起我的手腕，另一手托住我的下巴，傾身將他的唇覆上我的。

他淺吻輕啄我的唇瓣，他的吻嚐起來宛若棉花糖般輕柔溫暖，我的心幾乎快要融化了，整個人陶醉其中。

我感覺飄飄然，剎那間，產生再也沒有任何難關可以打倒我們的錯覺。

但，我錯了——

「喂！你們在幹什麼？」

＊

我倆雙雙回過頭，發現樊勛的母親就站在路口處，她的表情相當震驚。

坦白說，我受到的驚嚇不比她少。

「先進屋再說。」拋出這句話後，她甩頭轉身，快步領著我們走進屋內。

剛走進客廳，樊勛不急著解釋，反而先走到櫃子前，在醫藥箱翻找沒多久後，輕嘆了聲：「紗布沒了，我去買。」便匆忙跑出家門。

我低下頭，望向自己傷痕累累的膝蓋，沒想到他如此細心。

待他離去後，樊勛的母親隨手扔下名牌包，坐在客廳的沙發長椅翹著腿，並略揚高下巴示意我坐到另一張椅子上。

她和樊勛的父親，也就是房東先生，早在多年前離婚，但偶爾還是會回到家來探視兒子。

她的美貌，堪比明星藝人般美艷動人。

然而，關於她的事蹟，卻令人不敢恭維。

樊勛曾不經意埋怨過一次，他說他母親不負責任又愛慕虛榮，三番兩頭就刷爆信用卡。他父親管不住她，等到她紅杏出牆，便宣告分手了。

「妳怎麼把全身搞得髒兮兮的？」

這不是我們第一次見面，但這還是她頭一次用如此嚴肅的口吻對我說話。以往，她碰見我時，通常會擠出一種勉強算是和善的表情，有時心情好時甚至會敷衍地打聲招呼。

我猜想，或許是方才那一幕，改變了她對我的觀感。

又或者，她終於有機會說出心底話。

「真是不檢點……」她搖頭嘆氣，沒明著說是誰，卻可想而知。

我緊抿著唇，不敢吭聲，一動也不敢動。

她沉思了幾秒鐘，轉過頭來斜眼掃向我，「妳身上的那件外套……是我兒子的嗎？」

「啊！對、對不起！」

「哼，還知道道歉，怎不馬上脫下來？」

我慌張地趕緊將外套脫下，折好後本想放在茶几上，沒想到她卻搶先一步奪走，拍了拍外套，想把外套上看不見的灰塵抖落。

「看妳長得白淨秀氣的乖巧模樣，沒想到這麼小就懂得勾……」她故意不說完，瞟了我一眼，改挑起另一個話題：「印象中，妳跟我兒子同年，現在也是國三囉？」

她以前對我絲毫不感興趣，而今卻急著想盤問出我的身家背景。

「嗯……」

「妳媽呢？這時間點怎不在家？」

「她……她上夜班……」

「嘖，只是個小小上班族，還想高攀？」她語帶鄙夷，沉默幾秒，又撇了撇嘴說：「哼，怎麼會招攬這種房客啊？哈，說起晚上老是不在家這點，和樊勛他爸一個德行！拜託，他要不是加班就是喝酒應酬，若真有時間教養孩子，就見鬼了。法官也有夠誇張，居然會把扶養權判給……對了，我問妳，妳有兄弟姊妹嗎？」

「有一個哥哥。」

「哼，還好沒有其他姊妹了。那妳哥人咧？」

「哥哥正在讀大學，住宿生，只有逢年過節會回來。」

「所以你家就這幾個人？不對啊……」她窮追不捨，繼續問下去：「喂，那妳爸呢？我怎麼從來沒見過他？是跟哪個女人跑了嗎？」

「不是，爸爸他……」我聲音哽咽，難以啟齒。

「他怎啦？」

「在我還小的時候，生了一場病，就……就……」

「喔，所以妳是由妳媽單獨扶養？」

我點點頭，眼角噙著淚，低下頭注視因不自在而發顫的手指。

靜默一陣後，她終於按捺不住，再度開口打破凝結的氣氛，只是這回口氣變得更差了：

「喂，我乾脆挑明了講，妳就別怪我不客氣，誰叫妳不懂規矩。要是我不好好說說妳，哪天妳直接撲上我兒子的床！哼，我說呀，那麼多人可以喜歡，為何偏偏要挑上他？妳一定看我兒子帥，家境優渥，就想勾搭……房客就做好房客的本分，別老是糾纏著他——」

她見我始終低頭不語，便提高音量大嚷：「妳聽見沒？」

「是、是……」我啞著嗓音答道。

「這世界上，這麼多男人，妳誰都可以喜歡，就是不准喜歡我兒子，懂嗎？我只有一個兒子，請妳不要妨礙他的大好前途！就算我和他爸離婚了，我還是會想辦法安排他出國留學，將來娶個門當戶對的媳婦。要知道社會風氣差，年紀輕輕未婚生子的一堆！要是我不先趁早跟妳說，還真擔心妳和他再繼續這樣下去遲早會捅出簍子！」

我感到自卑不已，頭垂得更低了。

「妳啊，條件那麼差，根本配不上他——」

她的這席話重重戳痛了我。無疑是雪上加霜。

我赫然想起了白天在學校裡發生的那些事，原本暫且被擱置腦後的惡毒字句，如今，猶如烙印般刻在我的心上。

她等同於對此補了好幾刀，不僅如此，還在我淌血未癒的傷口上灑鹽。

我的心情跌入了谷底，覺得自己很渺小。

我努力忍著不想落淚，然而，斗大的淚珠終究不爭氣地奪眶而出，一滴滴落在因握拳太用力而指關節泛白的手上。

「我回來了。」

這時，門邊傳來樊勛的腳步聲。

不想讓他起疑，我趕緊抹去眼眶和雙頰的淚水，深吸一口氣，想要用笑臉迎接他。

樊勛走進屋內，手裡不光只提著藥局的袋子，另外還有外帶餐盒。

他抬高那隻拎著餐盒的手，微笑地對我說：「申玥蒔，我買了妳最喜歡吃的炸──」

「為了他好，」樊勛的母親低低在我耳畔叮囑，「可別把我的警告當耳邊風。」

我僅存的自尊澈底被打碎了，我倏地站起身來，快步從他面前離開。

「妳要去哪？」他在我身後大聲呼喊，語調聽來很困惑。

「回、回房間……我累了，別來煩我！」我飛奔上樓，逃入臥房。

掩門後，我蹲下身，抱膝蜷縮在房間的最角落痛哭。

縱使我把門關得緊緊的，但從樓下傳來的激烈爭執聲，依舊清晰傳入耳中。

我知道，樊勛向來不會主動對他母親發脾氣，總是一味遷就她，只因他也曾幻想過母親有一天會重回他們身邊。

但這次他顯然為了我的事，不顧一切與她撕破臉。

這是我所不樂見的。

我不想毀掉他，以及他未來可能獲得的幸福。

我摀住雙耳，不想聽見任何聲音，這真是我經歷過最悲慘的一次情人節。半晌，我哭累了，我鬆開了手，樓下的爭執聲也正巧嘎然而止。

伴隨著一陣急促的腳步聲，有人推開門，闖進我的房間。

我很後悔忘了鎖門。

「對不起，全是我的錯。」是樊勛。

不該是他對我道歉。

我緩緩抬起頭，燈亮了，他已悄然來到我身邊單膝跪下，溫柔的眸光透著令人心碎的惆悵。

他從袋子裡取出優碘和生理食鹽水，指著我的膝蓋說：「先來幫妳消毒。有點疼，妳要忍耐點。」

我的膝蓋隱隱作痛，這才發現傷口不僅裂開，鮮血也沾染上我的雙手。

他動作輕柔，體貼地幫我擦藥，無可奈何的是，依舊安撫不了我心頭的傷痛。

這一天過得很漫長，最美好和最悲傷的事全集中在同一天發生。

我幾乎累癱了。

闔上雙眼，恍惚間，我聽見他在我耳邊呢喃：「妳明明很喜歡我，所以，不管發生什麼事，千萬別放棄我。我也不准妳離我而去。」

在此之前，我從沒想過自己會背叛真心，親口對他說出殘忍至極的違心之論，但我別無選擇。

「——我從沒喜歡過你。以前沒有，現在沒有，以後也不可能。」

*

不管再怎麼漫長，那天的悲傷回憶，終究隨時間流逝了。

不管怎樣，卻已在我的內心烙下不可抹滅的陰影。

我深信，無論他是否真為我命運般的戀人，只要我們相愛，全世界都會反對我們在一起。沒有人會祝福我們。

美夢結束後，夢魘來臨了。

然而，諷刺的是，那天過後，我和他的角色互調了。

在此雙重打擊下，我的態度，轉主動為消極。

而他，反而變得比以前還要強勢霸道，竭力表現出積極的態度。

雖然情人節當晚，也許是為了維護我的自尊，他不當面戳破我的謊言，但他的行為舉止在在顯示出，他早就從我紅腫的臉和所有細節，識破了一切。

於是，他以行動無聲地對我保證，只要有他在的話，必定會竭盡所能地阻止別人欺負我。

之後，除了課堂時間以外，他總是盡可能如影隨形般地守在我身旁，只求達到滴水不漏的地步。

而國三下學期，僅剩下那短短幾個月，期間在樊勛的保護下，閻璃那夥人雖然表面上不敢對我輕舉妄動，但仍會在偶爾碰面時，對我施以毒辣的眼神威嚇。特別是挑在樊勛無法顧及的暗處使小手段。

例如在走廊上擦身而過時，就會故意趁他不注意時用肩膀推撞我。

若在廁所遇見，她們便會變本加厲，想盡辦法困住我，專打我身上被制服遮住的地方。即使我有時得以僥倖地躲進隔間，那群人也總會在外頭憤恨地踹我的門，一邊發出惡毒的嘻笑聲。其他同學見狀，怕被牽連，也不敢貿然阻止。

我時常夢見被關在不見天日的潮濕地窖，夢裡，她們和樊勛的媽媽一起譏笑我，說我配不上樊勛。

好幾次，我都在半夜哭著從恐怖的惡夢驚醒，渾身打哆嗦，徹夜難眠，唯恐會被夢魘吞噬。

就這樣，苦不堪言的日子一直熬到畢業的那一天為止。
畢業前夕，我本以為樊勛會照他母親的指示，到國外讀高中。
沒想到，他執意選擇留下。
他選擇了我。放棄其他。
他表示，這是為了兌現愛情的誓言。
但，誓言究竟是什麼呢？
倘若誓言真的具有神奇效力，那麼，我寧可選擇為他著想，祈求神能讓他從此過得比這世上的任何人來得幸福快樂。
我無法停止愛他。太愛他了。
因此，從那一刻起，為了實現自己的心願，我得假裝不再愛他才行。

3

直至今日。
正值高二的我和他，持續玩著你追我跑的遊戲。
儘管如此，我的心始終放不下他，仍不爭氣地偷偷喜歡著他。這點，從未改變過。我只是不想、也不能讓他知道罷了。

這時，放學鐘聲響起，班上同學紛紛揹起書包離開教室。走廊上，鬧哄哄一片，學生們三兩成群拿著手機，熱烈談論起情人節這天的最新八卦，興致絲毫不因放學而銳減，反而討論得更加起勁。

「天哪，快看，快看！金綾娜剛在群組上說，今天她把初吻獻給了樊勛。」

「啥？意思是說，他們交往了？這兩人超登對耶！」

「喂，那樊勛怎麼說？有沒有承認呀？他不是常跟你們班上的那個叫什麼玥蒔的女生搞曖昧嗎？」

教室走廊外的喧囂聲刺耳地傳進來，我不由得皺了皺眉，不想理會，卻時而中斷手邊收拾書包的動作。

我感到痛苦和矛盾。

只因當那些人湧入教室詢問樊勛真相時，他連否認都懶得否認，反而用似笑非笑的眼神瞥了我一眼，而後一手插在長褲口袋，將書包甩上肩，悠悠然走出教室。

「這世界的價值觀真是扭曲，簡直有病。一天到晚，八卦來八卦去，不累嗎？」裴歆妍倚靠在窗邊，她把書包擱在桌上，等我收拾好要準備一起放學。

見我悶不吭聲，她又接下去以不屑的口氣說：「倒是金綾娜，可真不是普通厚臉皮，又不是你情我願，明明是她主動吻的，這點居然直接省略。妳說，是不是？」

「嗯……隨便吧。」我心不在焉答道。

「唉，我可憐的玥蒔。」

等我緩慢收拾完畢後，心情也差不多整理好了，我站起身牽起裴歆妍的手，故作若無其事地說：「好了，我們回家吧。」

霎時，樊勛竟又從教室後門折回來，堵住了我的去路。

但他明明在今天接受金綾娜獻吻，我實在搞不懂他何以要繼續這場沒完沒了的鬧劇。

都已經隔了兩年，他還沒被折磨夠嗎？

我的心早已千瘡百孔，我不相信他不比我痛苦。

雖然我不太明白為何今早他心情好到在黑板上塗鴉，但從我剛認識他時，就察覺到這人脾氣總是忽冷忽熱，陰晴不定。

這難以捉摸的特質，甚至可以理解成，他簡直就是隻貓。

平日傲慢任性，心情好時撒嬌，心情不好時，對人愛理不理。

最令我心疼的是，當主人需要他時，卻又是隻很有肩膀的貓。而真正決定要離他遠去時，他又死心蹋地黏過來……

此刻，他直直望進我的眼，神情變得有些深沉，我的心被他緊緊揪住。

即使每天不停上演鬧劇，但唯獨那天的事，我們總是很有默契，閉口不談。

然而，現在我卻有一種預感：他再也受不了日復一日地強顏歡笑了，他想打破僵局！

果不其然，當我張開嘴，準備先聲奪人時，他打破沉默率先發話：「我左思右想，覺得還是有必要在情人節這天，把所有的話都說清楚。」

我怔愣，腦袋變得不太靈光，不知該如何應對。

停頓半晌，樊勛仔細端詳我的臉，又添加兩句：「我不想再跟妳侷限於曖昧關係了，我想直接一點。」

相隔兩年，再次聽見他親口說出直接兩字，我的心跳瞬間漏了一拍，整張臉控制不住地發燙，想起了那晚，還有那始終難以忘懷的初吻。

除了緊張到說不出話來之外，同時也擔憂會被別人聽見，造成不必要的閒言閒語，我連忙轉頭瞧了瞧四周，看看教室內還剩下誰。

「放心吧，只有我們……」他顯然讀出我的心思，接著又指著我身旁的裴歆妍說：「除了她以外。沒有別人。」

裴歆妍壓低音量在我耳旁問：「呃，我先迴避囉，好嗎？」

「不、不要走。」我搖搖頭，拉緊她的衣袖。

目光移向窗外，幸好走廊的人群都散了。

當我把視線移回來時，不偏不倚地再次撞進他的眸子。

我內心的警鈴大作，身子登時緊繃，心跳加速。

他微微蹙眉：「其實妳還在乎我吧？不然幹嘛叫裴歆妍到樓梯口偷拍？」

我和裴歆妍同時倒抽一口氣，對視一眼，確認我們兩人都沒聽錯。

難不成他都看到了？發現自己被偷拍的事？

莫非他那時回教室湊近我的臉時，眼神中隱隱浮現出愉悅的神情，實際上是……

不等我開口，裴歆妍吐吐舌，索性直接招供：「欸，老實說，影片是我擅自吵著要拍的啦，真的不是玥蒔叫我去的。我去上廁所時，不小心聽見有人說金綾娜找你出去，所以我就自作主張去偷窺啦！」

「很好，坦率。」他挑起一側的眉，對她表示讚賞，又回過頭看著我，以逼問的語氣說：「倒是妳，為什麼變得這麼不坦率？妳以前不是這種人。」

「樊勛，你是聽不懂人話嗎？就說不是玥蒔要拍的，是我啦！」裴歆妍直跺腳抗議。

「我所謂的不坦率，指的是，她沒有乖乖順從自己的心意。」

裴歆妍頗有同感，推了推我的手肘說：「喔……也是啦，坦率一點比較好。」

「申玥蒔，連妳的好朋友都認證了，幹嘛不坦率點？」

「你憑什麼說我不坦率？」我深吸一口氣，故作冷淡地反問。

「就憑我對妳了解的程度。我當然知道妳對我隱瞞心意。」

「我、我沒有隱瞞！」

「好，那我問妳，看到我和金綾娜親嘴畫面之後，作何感想？」他逼視我，嘴角勾起一抹若有似無的弧度，一副勝券在握的姿態。

「我……我……」我說不出口，別過臉去，胸口傳來深深刺痛。

「我全看透了。妳當時眼角噙著淚，明顯吃醋了。」

忽然間，我感到無比羞愧，握緊拳頭，轉過頭來對他大嚷：「笑、笑話！你誤會了，我是……我是因為沒帶課本才哭的，少自作多情了！」

「我才不信有人會因為沒帶課本哭。」他聳肩，笑了笑說：「我就沒哭。」

「你是你，我是我！你沒哭，不代表我不會哭！」

他故意曲解我的話，「是啊，我相信妳會哭的。假如，我真的跟她交往了，妳會很難過。」

你是故意氣我才任她親的吧？

我本來想這麼問，但又把話吞回去了，馬上改口說：「才不會！我對你一點感覺也沒有。我們走吧，歆妍。」

我緊咬下唇，挽住裴歆妍的手，帶著她快步繞開擋在我們面前的樊勛，急著想要趕快離開教室。

這時，佇立在原地的他，以充滿哀怨和落寞的口吻吶喊：「妳快把我逼瘋了！我對妳的感覺，遠遠超乎了任何人所能想像的強烈，喜歡到快發狂了！我願意為妳犧牲一切，放棄所有——」

我知道。

但他不該為了我，放棄所有。

該放棄所有的人，是我，不是他。

因此，我強忍著淚，沒有回頭看他，也沒有為他駐足。

我依舊拉著裴歆妍繼續往前走，放任他一人留在空蕩蕩的教室。

我怎麼可以自私地停下來呢？要是停下來，這兩年來的心血就白費了。

正如同他許下的誓言，我也有自己的誓言得遵守。

4

「欸，等等，我要買點數。」穿越十字路口後，裴歆妍從書包裡掏出錢包，指著前面的一家便利商店，要我陪她一起進去。

「點數？什麼點數？」我納悶地問，心情還有點低落，卻試著擠出笑容，並將注意力集中在這個新話題。

「儲值啦！我最近下載了一款手遊，叫做《理想戀人》，情人節推出優惠禮包，不買多可惜。」她笑得一臉燦爛。

「妳什麼時候迷上手遊了？好玩嗎？」

「真的超好玩耶，要不要一起入坑？轉換一下心情嘛！」她挽住我的手搖晃。

我們一邊聊，一邊走進便利商店。

我買了一份炸雞排便當，作為晚餐，而裴歆妍則一口氣買下一千元點數。

當我們站在櫃台前，等待超商店員幫忙微波時，裴歆妍滿臉興奮地介紹起那款她非常著迷的遊戲。

從沒玩過手遊的我，聽得一愣一愣的，只覺得那款遊戲把她整個人澈底轉換成電玩控了。

她雙手輕扶微紅的雙頰，心花怒放地慫恿我：「妳也來玩嘛！那個世界裡的虛擬戀人真的超理想，我不騙妳！」

我還是第一次見她這副模樣，忍不住噗哧笑出聲，手指輕戳她的額頭調侃道：「都只是虛擬人物而已，瞧妳還這麼認真。」

一旁的店員忍不住插嘴：「嘿，最近那款遊戲真的很受歡迎哦！」

「哈哈，你不會也有在玩吧？」

「嘿嘿嘿，被妳發現了！」

走出便利商店時，我反射性地朝對街望去，正好瞥見一抹高挑的削瘦身影，正面對著我們，獨自一人站在人行道上。

我的心狠狠抽痛了一下。

本以為是樊勛，以為是他像平常一樣，總是緊跟在咫尺之內的距離護送我回家。但，一對上那人的眼後，我訝然驚覺自己認錯人了，趕緊迅速別開視線。

我一定是太在意樊勛，再加上在陽光的折射下，只認身形，才會把那染了一頭淺金色蓬鬆短髮的陌生男子，錯認是他。

只是體格很像，髮色又不一樣。

「唉呀，那小哥哥顏值挺高的耶，不輸給樊勛唷，難得在路邊捕獲型男一枚。完全——理想型！」

說時遲，那時快，比我還眼尖的裴歆妍早已從口袋裡掏出手機，對準那人的臉連續按了好幾下快門。

對於她這種舉動，我見怪不怪了，只是，我仍不忘壞心眼地提醒她：「是誰幾分鐘前還說自己的虛擬情人超理想？」

正當此時，對方單手摘下墨鏡，舉步從對街越過馬路，朝我們迎面走來，還張開嘴巴喊道：

「喂，喂！」

我嚇了一大跳，整個肩膀都縮起來了。

我猜想，對方或許是不爽裴歆妍未經允許胡亂拍照，所以想要上前理論。

我直覺想抓住她拔腿逃竄，沒想到裴歆妍反而朝對方用力招手，甚至還熱情地大叫：「嗨嗨，小哥哥，找我們有事嗎？」

裴歆妍平時在學校老愛找人搭訕，那就算了，但這是路邊耶……

萬一對方是外表優雅斯文的流氓怎麼辦？

不，萬一是變態呢？

雖然，裴歆妍偷拍的舉動比他還更像個變態……

我用力捏了一下她的臉頰，但她的注意力全集中在對方身上，連痛覺都可以忽略。

三十秒過後，兩張極具質感的名片已分別遞放在我和裴歆妍的手心。

這位名叫車鉉封的傢伙，身穿俐落剪裁的黑色西裝，繫著窄版領帶。

他有張俊俏白淨的臉容，一雙笑開來呈彎月形的澄澈眼眸，嘴邊有兩朵時不時會隨著笑意漾開的梨渦。

當我和她好奇地拿起名片審視時，他不疾不徐地介紹道：「請多多捧場，我們公司目前正在進行產品測試，只有萬中選一的幸運兒能夠優先體驗。只要掃描ＱＲ code就可以下載這款ＡＰＰ遊戲，可享ＶＩＰ的專屬服務。」

這張有著細緻觸感的高質感名片，閃爍著彩鑽般的絢麗光澤，設計簡潔有力，以燙金字體書寫公司名稱：Helios。

另外，他還不忘補充，品牌圖案是一位駕馭著太陽車的希臘神祇。

我一點也不感興趣。

只是萬萬沒想到，這人竟是個擁有逆天顏值的……推銷員。

雖然他自稱是該公司的研發人員，但我不信，我總覺得這疑似詐騙集團的妙招，專門哄騙少女心。

尤其詭異的是，當我對他投以懷疑的防備眼神後，他還刻意咧嘴一笑，露出一對天真的虎牙，表現出一副無害又無辜的模樣。

這讓我更加起疑，一刻也不想鬆懈。

我瞥頭望向身旁的裴歆妍，發現她已被迷得神魂顛倒，明顯被對方圈粉了。

她兩手合十，對他露出至為崇拜的眼神，驚呼道：「好厲害呀，不過，你看起來年紀和我們差不多，居然創立公司？太神奇了！你幾歲？」

「喔，將近五十億歲。」他毫不猶豫回答。

這是自以為幽默嗎？

我不屑地翻了翻白眼。

這人是不是腦袋有洞？

然而，我沒想到這愚蠢的笑話居然有辦法逗笑裴歆妍，她按住笑得發疼的肚子說：「哈，五十億歲？這我還是第一次聽到，你在開玩笑嗎？你年紀看起來跟我們差不多！」

「多謝抬舉。」

就這樣，和對方耗了將近半小時，最後我以想要趕快回家寫作業為由，強行將雙腳幾乎釘在原地的裴歆妍拉走。

回家途中，她按住我的肩膀，笑嘻嘻地說：「欸欸，車鉉封雖然很可愛，但畢竟不是我的菜，我比較偏愛運動型男孩。妳要不要考慮一下他呀？都給名片了，擺明是為了搭訕吧。」

「妳、妳在胡說什麼？」我瞪圓雙眼，生氣地瞪著她。

「呃，玥蒔，妳是不是對好看的男人無感啊？」

「白……白癡！」

「欸，妳知道嗎？我聽小道消息說，顧宇品學長本來要跟妳表白，結果被樊勛擋下來了。」

「反正我也不認識什麼顧宇……什麼的。」

「我要跟妳說的，不是這個，我的重點是，妳再這樣下去，沒人敢追！最後只能跟樊勛，因為他把所有的追求者一一擊退了。要嘛妳就跟他，要嘛妳就另尋新對象，例如跟這位帥氣又可愛的小哥哥，多好。回家時，別忘了去試試看他介紹的那款ＡＰＰ，說不定會有豔遇！」

她勾住我的手，苦口婆心對我說教，直到走到家門口，才總算放過我。

5

情人節只剩下大約五個多小時，即將接近尾聲。

我一邊坐在書桌前吃著晚餐，一邊隨意瀏覽網路放送的節目。

「學者提出警告，近期不尋常連續爆發的太陽閃焰與黑子活動，可能會擾亂或損壞衛星通訊，也會造成部分地區停電──」

才剛聽到停電兩字，啪一聲，房間整個暗了下來，所有電器瞬間停止運作。

我皺起眉頭，摸黑走到手機充電器附近，拔掉充電線，看見手機早已充飽才鬆了一口氣。至少在停電時，我可以滑手機打發時間。只是不曉得這次停電會停多久，希望不會耗掉所有電力才好。

我開啟手電筒APP，依循往年的老習慣，只要停電便走出房外，到一樓庭院去透透氣。坐在庭院的長椅上，我仰起頭，望向樊勛的窗戶，想知道他回來沒，卻赫然想起因為停電的緣故，根本無從得知他是否待在房間裡。

我很心疼他，卻沒有辦法安慰他，最大的心願，就是希望他能夠獲得幸福，除此之外，別無所求了。

過了幾秒，我將視線收回，手電筒對準位於長椅對面的花槽盆栽，看著之前和他一起種下的花卉，至今仍盛開得很美。

想到曾經與他共度的美好時光，無憂無慮，卻不堪回首。

嘆了一口氣後，我閒閒沒事做，開始滑手機。幸好可以上網。

不知怎麼搞的，隔沒多久，我不經意想起白天遇見的那名奇怪推銷員。

也許是好奇心使然，或者單純閒著沒事做，我從口袋裡掏出那張名片，用手機掃了QR code圖案，螢幕倏地導向下載頁面。

這什麼鬼……這產品名稱叫作《理想的戀愛世界Beta：找尋你命中注定的真愛》？聽起來超詭異。

尤其是「理想」這兩個字，怎麼那麼熟悉？不會是裴歆妍玩的那款手遊的山寨版吧？

我繼續往下滑，目光瞥向APP下方的產品介紹，標題的說明文字登時吸引了我的注意。

【這世界並不理想，讓我們替您量身打造一個嶄新的理想世界。
在新世界中，遊戲將會助您排除所有阻礙，獲得命運般的真愛。】

是啊，仔細想一想，若真有理想的戀愛世界該有多好？

畢竟，這個世界一點也不理想……

簡直，糟透了。

帶著強烈的同理心，我便直接下載了。

出乎我意料之外的是，這款APP下載神速，不消一秒，畫面即跳出下載完畢的通知框。

總不會只有1Mb大小吧？

駭客軟體？釣魚網站？詐騙集團？

心裡不免有點毛毛的感覺，我猶疑了一會兒，思索著是否要解除安裝。

可是，我實在很想搞清楚所謂理想的戀愛世界是怎樣理想……

好奇心征服了我的不安，再加上手賤，我情不自禁將手指移往畫面右上方的「開啟」按鈕。

真可謂好奇心足以殺死一隻貓……

就在按下開啟遊戲的那一瞬間，手機螢幕霎時迸射出一道刺眼的銀白色強光。

我的腦袋瞬間停擺，幾乎沒法思考任何事情，只知道這道光線猛然擴大，整個庭院都被強光所完全籠罩住，包括我，宛若從黑夜倏地置身於白晝。

本應被光線刺眼到睜不開眼，但反常的是，我的雙眼不聽使喚地瞪大了，眼前景物清晰可見，一股驚人寒意從背脊竄出。

更恐怖的事情還緊接在後，手機竟擅自脫離我的手掌心，漂浮在半空中。

螢幕中央更陡然顯現一個詭譎黑洞，愈來愈大，甚至吞沒了手機，接著凝聚出一股如龍捲風般的強大威力，亟欲把我整個人吸進去。

惟恐被黑暗澈底吞噬，我只能拚命緊抓長椅邊緣不放，就在快支持不住時——

「申玥蒔！」

循著聲音來源，透過眼角餘光瞥見一道頎長身影立在庭園入口，這次我可沒看走眼，絕對是樊勛沒錯！

——危險，不要過來！

我想警告他，卻發不了聲。

事情發生得太突然，他慘白的臉上布滿驚愕神色，只見他作勢想衝上前拉住我，但顯然誰也無法阻止這已然發生的詭異現象。

下一瞬間，我的視野變得模糊扭曲，一陣天旋地轉襲來，旋即失去了意識——

第二章

真愛，來得早不如來得巧？

1

一抹淡淡的柑橘檸檬香氣撲面而來，啊，聞起來好熟悉又令人舒服的清香……

意識恢復後，我吃力地撐開疲憊的眼皮，視線朦朧之中，依稀瞧見一張白皙臉龐近在眼前。

幾秒後，待視野逐漸清晰，我發現正閉眼躺在我身旁的人竟是樊勛。

更令人不敢置信的是，他不僅和我面對面，我居然直接枕在他修長結實的手臂上，近距離頭靠頭，等同於整個人緊窩在他的懷抱裡。

金燦燦的刺眼陽光斜斜地傾瀉一地，在他背後流淌成一片光亮，而側身躺在我身畔的他，另一手輕攬在我頭上，恰巧為我的雙眼遮蔽烈日直射，也讓我一睜眼就看見他。

我屏息以待，做好他隨時會睜開那雙幽深黑眸的心理準備，但隔了好半晌，不見任何動靜。

他睡得很沉，纖長睫羽偶爾輕輕顫動，我甚至能聽見他細微而平穩的呼吸聲。

我一動也不敢動，擔心些微聲響會驚動他，我實在不忍見他被迫從美夢中醒來。

我之所以覺得他正經歷一場美夢，是因為他的唇角不自覺微勾，綻出了一絲柔和的優美弧度，想來是沉睡於甜美的幻夢中，也許暫時不想重返殘酷的現實世界。

我大膽而放肆地欣賞他沉靜的睡臉，心臟怦怦亂跳，每一下都鼓動耳膜，呼吸也跟著紊亂了……

等一下，呼吸？怎麼回事？

這意味著……我還活著？

所以，我沒被吸入黑洞裡？那只是一場逼真的夢魘？

是啊，萬一真被捲入黑洞，可想而知，一定穩死無疑，怎麼還可能如此悠哉地躺在這呢？

我瞇了瞇口水，轉動眼珠，稍微挪動身子，不經意瞄向樊勛身後的景物，很快認出這裡只不過是間隔我倆房間的庭園，我們就躺在長椅前的草皮上。

啊，原來我想太多了，我根本就是在做白日夢嘛！

不過，我記得稍早前停電不是嗎？

怎麼會一下子從黑夜轉為白天？

真奇怪……

難不成我睡死了？一覺到天亮？

可是，這又怎麼解釋樊勛會躺在我隔壁？

他總不會也同時跟我一起睡死吧？

此時，一陣微涼的風吹來，伴隨著揉雜於空氣中的香甜花香，不僅吹亂了他額前輕軟的瀏海，也吹散了我混亂打結的思緒。

當風止息後，他稍微捲翹的髮梢上停歇了一片隨風飄落的紫色花瓣，我一眼即辨認出那是三色堇。

巧合的是，正是這種小巧可愛的花卉，命運般地開啟我和他初次對話的契機。

我輕輕伸手從他蓬鬆的短髮上取下花瓣，打算將它夾在書頁裡，製成書籤。

低下頭去，我將這枚柔軟的花瓣小心翼翼收進上衣口袋。

頃刻間，一陣如鈴鐺般清脆悅耳的樂音悠悠揚揚地奏起，這歡欣鼓舞的旋律感覺上像是從四面八方傳來，卻又清晰響在耳際。

在我還來不及反應之際，轉眼間，周圍景物全變了樣，瞬間變成了一個白色的空間。

我被這突如其來的變化嚇出一身冷汗，驚恐之際，反射性扭頭一望，沒想到原本理應躺在身邊的樊勛竟憑空消失了。

他……去哪了？

除非他有瞬間移動的特異功能，要不就是我的眼睛有毛病，否則眼前一切根本不合常理！

我下意識摀住嘴，戰戰兢兢地環顧四周，驚訝發現這地方不僅連個人影也沒有，甚至空無一物。

難道我被外星人綁架了嗎？

慌亂之中，我感到毛骨悚然，身體不自主抖顫著，擔心外星人會驟然從眼前竄出。

隔了好半晌，卻什麼也沒出現。

我稍微鬆了一口氣。

因為眼前所見實在太詭異了，我索性集中心力，試圖合理化眼前的事物，努力說服自己：也許，從頭到尾我都在夢境中，這場夢太過逼真，以至於我不曉得自己正在作夢。

沒錯，我應該鎮定一點才對。

我現在一定還在作夢，只有夢裡的場景才會如此超乎現實啊。

比起以前那些被關在陰冷地窖欺負的惡夢，這又算得了什麼呢？

我兩手輕拍雙頰，進行吸氣吐氣的動作，反覆做了好幾遍。

好不容易冷靜下來後，我忽然留意到方才那歡欣鼓舞的樂音始終持續著。

難不成有人在熟睡的我旁邊播放音樂？倘若如此，還真沒良心，那首曲子要是再繼續無止盡播放下去，就會變成洗腦歌了。

我勉勉強強站起身來，雙腳有點僵硬顫抖，但我實在太好奇了，於是開始在這白色的空間到處走動。

我發覺這個空間其實很狹隘，走沒幾步就撞上隱約散發銀色光澤的透明牆面。幸好我走得很緩慢，才不至於被撞得鼻青臉腫。

弔詭的是，這痛覺絲毫不像作夢，我感覺很清醒……

我走到其中一面牆前，用力捶打牆壁，扯開喉嚨拚命大喊：「救命啊！誰來告訴我這是哪裡？快放我出去！救命！」

就在這時，壁面倏地現出一行金色文字，寫著——

【恭喜您，萬中選一的幸運兒，您已成功進入《理想的戀愛世界》，在等待更新設定檔的同時，我將為您進行遊戲說明。】

「這、這什麼鬼！」

我忍不住驚呼出聲，往後踉蹌幾步，差點跌坐在地。

恍神了幾秒，我驚愕地睜大雙眼仔細上前查看，摸了摸觸感冰冷光滑的牆壁後，才發現這串文字並非顯現在壁面，而是漂浮在貼近牆面的半空中。

這種漂浮在半空中的方式，有種似曾相識的既視感，就像我的手機……啊！對了，我想起了我的手機。

說也奇怪，當我這麼想的同時，手機居然憑空出現在我的手裡。

但眼下這不是重點，重點是，不曉得是不是我上前亂摸的緣故，之前那串文字忽地消失了，取而代之的是一串新的文字。

【遊戲說明如下：為了增加遊戲真實性與提升玩家臨場感，《理想的戀愛世界》的所有人物設定及空間配置，大致上皆仿造真實世界呈現。】

遊戲？人物設定？空間配置？真實世界？

到底在說些什麼？這愚蠢的說明……根本有跟沒有都一樣。我依然一頭霧水。

慢著！莫非我上了整人節目嗎？

我瞇起眼，朝各個角落望去，包括天花板，祈禱能找出隱藏式監視器或是攝影機，只可惜希望很快落空，我彷彿被扔進了一個古怪的方盒裡。

「是有誰在惡作劇嗎？難道我永遠都離不開這裡了？」我喃喃自語，幾乎快絕望了。

似乎有人聽見了我的心聲，一串新的文字再次顯現。

【溫馨小提示：在完成任務前，玩家不得離開遊戲世界。在此之前，請盡情暢遊，並遵守所有遊戲規定。】

「完成任務？什麼任務啊？」我雙手摀著頭大叫。

【遊戲任務：玩家將與系統精心為您配對的超理想男神戀愛，當您獲得命運般的愛情後，即完成任務。】

「配、配對？我才不要！」我高聲大嚷，死命搖頭。

但殘酷的事實擺在眼前，本以為對方會繼續回應我的問題，不料，下一秒，竟出現這可惡至極的一串字。

【為避免遊戲說明造成冗長感，其餘未盡事宜及相關規定，將留待遊玩的過程中，適時跳出提示視窗。】

又隔沒幾秒，前方顯示這串新通知。

【遊戲世界已設定完畢，載入系統中，請稍候片刻……】

「設定完畢？根本沒設定好嗎？」

這……這擺明是強迫中獎！

「這是什麼爛世界，快放我出去！」

任憑我對著牆壁狂吼狂叫，叫到喉嚨幾乎沙啞，也沒人理睬我。

我真心覺得自己被全世界拋棄了，被殘酷的世界遺忘了……

與此同時，背景音樂也隨之停止播放。

我本以為至少四周安靜下來後，可以靜下心思索如何逃脫密室的方法，沒想到，緊接而來的是一首熱情奔放的交響曲。

真是快瘋了……

就在我正式宣告放棄，乾脆躺在地上裝死之際，我感覺一陣熟悉的暈眩感再次襲擊我，旋即眼前一黑，澈底昏了過去。

2

「快醒醒，玥蒔！」我隱隱聽見叫喚聲，對方還抓著我的肩膀猛搖。

睜開眼，有個模糊不清的人影在我眼前晃動，隨著視線慢慢清晰後，我看見裴歆妍蹲在我面前說：「太好了，叫了老半天，妳終於醒過來了，就算受到太大的打擊，也不能說昏就昏啊！」

「這裡是……」我雖然醒了，但還沒完全清醒過來，只能囁嚅應聲。

呆滯了半晌，癱坐在冰冷地板上的我，打量了一下四周。

感覺這地方很眼熟，貨架上陳列著各式餅乾和麵包，甚至還有文具……

啊！我認得，這裡是學校福利社！

登時我欣喜若狂，忍不住大叫：「總算回來了，幸好！我還以為永遠回不來了！」

同時，我發現喉嚨並沒有沙啞破音，看來剛才經歷的只是一場逼真到嚇人的惡夢。

眼前的裴歆妍似乎被我的反應嚇了一大跳，遲疑幾秒，她把手放在我的額頭上，擔憂地問：「咦，真奇怪，妳沒發燒呀？沒頭沒腦在說些什麼？」

我心情激動到喜極而泣，用力抱緊她，確認她抱起來有溫度，才鬆手。

當我正準備向她傾訴時，福利社的阿姨快步走來我們身旁，彎下腰關切：「同學啊，還好嗎？有沒有哪裡不舒服啊？需不需要去健康中心檢查看看？」

見我滿臉疑惑，裴歆妍代替我回答：「她可能受到太大打擊，才會昏過去，看起來好像沒事，謝謝阿姨的關心。」

「沒事就好，已經打鐘很久了，要趕快回去上課哦。」

「好的，我們馬上回教室。」

裴歆妍把我從地上扶起來，拖著我往福利社的出口移動。

唯恐惡夢成真，我不禁起了個寒慄，邊走邊驚恐地問：「等、等一下！妳剛剛說……打擊？什麼打擊？」

我很擔心她會說出遊戲世界的事……當前最令我打擊的事，就只有這件。

「妳忘了嗎？妳剛才超激動的。」裴歆妍搖頭嘆氣。

我愈發不安，牙齒抖顫，怯生生問：「我……我超激動？妳是說捶牆壁的事嗎？」

我想起那片冰冷的牆，記得當時捶牆捶到手都破皮流血了，但現在低頭看看雙手，卻發現自己毫髮無傷。

「什麼捶牆壁？嚴格說起來，應該是捶胸頓足才對。」

「會幫妳進貨，放心吧，同學。」站在門邊的阿姨一手扠腰，面露苦笑地看著我說。

「進貨？」

「妳忘了嗎？妳剛才發現巧克力牛奶缺貨，太過激動以至於昏倒了。」裴歆妍說。

這簡直太……太詭異了！

就算我再怎麼喜歡這種飲品，也不可能激動到昏倒。

我吃驚到張大嘴巴說不出話來。

「總而言之，沒事就好，看，阿姨都說了，很快會進貨。」裴歆妍拍拍我的肩膀，要我安心，推著我踏出福利社的門。

在走廊上走沒幾步，渾身發冷的我，愈想愈不對勁，突然僵在原地不動。

「慢、慢著！說到巧克力牛奶……今天該不會是情人節吧？」

「情人節？」她也跟著停下腳步，扭頭看我。

「嗯……」我忐忑不安，吞了吞口水。

她先是愣了一瞬，接著摸摸下巴，思考一會兒才說：「是啊！」

她的回答對我而言，簡直是晴天霹靂，我摀住嘴，抑制住想放聲尖叫的衝動。

難道我現在還在作夢？

夢中的時間，當然和現實有所不同吧？

畢竟，因為巧克力牛奶缺貨而昏厥，這點實在太不尋常了！

隔了幾秒，她噗哧一笑，指著我的鼻尖說：「欸，對妳這個現充來說，每天都像在過情人節吧？」

「歆妍，妳在開玩笑嗎？妳明明知道我很討厭情人節。」我深感錯愕，「而且我也不是什麼現充。」

「妳才開玩笑吧，小心哦，妳男友聽到會生氣唷！」她反而露出比我還錯愕的表情。

「男、男友？」我的眼睛瞪得更大了，「我……我什麼時候有男友了？」

聽我這麼一說，她似乎更驚訝了，再一次伸手觸摸我的額頭，喃唸道：「奇怪，明明就沒發燒，怎麼會一直胡言亂語？」

「今天是愚人節嗎？」我脫口問。

「不是！申玥蒔，妳是剛才摔壞腦袋失憶了嗎？」

「我沒有失憶……如果不是開玩笑，妳倒說說看，誰是我男朋友？」

「還會有誰？當然是妳最愛的那個他啊！」她敲了我的額頭一記。

最愛的那個他？

難不成是……樊勛？

正當我打算繼續問下去時，有人迎面走來，朝我們大聲喝斥：「你們兩位！上課都多久了，還有空站在走廊上聊天？快回教室！」

定睛一看，發現來人是火冒三丈的學務主任後，我和裴歆妍趕緊加快腳步返回教室。

3

氣喘吁吁奔回教室，放眼望去，班上同學無一不埋首於考卷上，振筆疾書。

化學老師在走道間來回巡視，見我們遲到，便上前訓斥幾句，又走到講桌前從牛皮紙袋裡抽出兩張空白試卷，督促我們快回座位解題。

我愣了愣，接過老師手上的試卷，走回位子的途中，低聲詢問裴歆妍：「剛開學沒多久，怎麼這麼快就考試？」

「妳腦袋真的沒摔壞嗎？」她緩下腳步，轉過頭來，用充滿擔憂的眼神看我。

我猛搖頭。她嘆了一口氣，本想說些什麼，但礙於老師在場盯著，只好做出「待會再聊」的手勢。

我回到座位，一邊打開鉛筆盒，一邊不經意地朝鄰座望去，發現樊勛的座位空空如也，連書包也沒有。

對此，我深感詫異。從高一入學到現在，他從未缺席過，就連每次生病他都寧可咬牙硬撐著來學校上課，只為了堅守那晚他親口立下要永遠保護我的誓言。

為什麼他沒來上學？發生什麼事了？

我惴惴不安，非常擔心他，迫切想知道他人在哪。

胸口湧現一股很想舉手問老師的衝動，隔沒多久，又因缺乏足夠勇氣而作罷，原因在於，我實在太害怕了……

雖然知道同班同學大多人還不錯，且有裴歆妍陪在我身邊，她不會放任我被別人欺負，況且還有樊勛的保護……可是，我就是害怕。

我怕別人會在私底下用異樣目光審視我，怕他們會在背地裡取笑我，笑我自以為是他的誰，笑我有什麼資格管他。即使隔了兩年，閻璃那群人當面對我發出的惡毒話語，至今仍在腦中揮之

不去：一天到晚死巴著人家不放，還真以為是他的女朋友。

一想到此，我不自覺縮緊肩膀，一方面感到自卑，一方面又對自己感到厭惡。正如同樊勛

所言，是啊，我變了。變得很不坦率。過度在乎別人目光，還背叛自己的心。可是，我又能怎麼辦？

每當這類悲觀想法一浮現，胸口便隱隱作痛，我怯懦地低下頭去，想藉由專心寫考卷來轉移注意力。

可悲的是，光是稍微瀏覽一下試卷，就篤定自己絕對會不及格。我對隨堂測驗卷的每一道試題都感到極其陌生，完全沒印象曾在課堂學過。

抬頭望向教室前方的黑板右下角，記得班長每天會用粉筆在值日生欄位填上當天日期和同學姓名，我預期上面的日期會是2月15日，萬萬沒想到，上頭的日期居然寫著3月14日。

太奇怪了，相隔將近一個月，我毫無這段期間的半點記憶？這實在太不合理了……

我的額頭冒出冷汗，一顆心跳得七上八下，握筆的手抖得厲害。

自剛才甦醒直到現在，總覺得這世界變得有點不尋常，所有的事情似乎都產生微妙的變化。例如，我怎麼可能會因買不到巧克力牛奶而昏厥？從裴歆妍的口氣聽來，她不像在開玩笑。好吧，就算她惡作劇，福利社阿姨總不會跟她一起瞎起鬨吧？再者，我怎又會在一夕之間多了一個男朋友？簡直莫名其妙。

難不成，我真的摔壞腦袋了，所以才會失去記憶？不過這又怎麼解釋樊勛缺席的事實？以及時間為何猶如跳躍般地前進一個月？

我很不願回想被關在詭異空間裡的事，但現在，我不得不去思索，莫非我真的穿越到一個所謂《理想的戀愛世界》的遊戲世界了？

好吧，既然這樣的話，為什麼我一點也沒感受到這世界的理想呢？

一個理想的戀愛世界會讓我考試抱鴨蛋嗎？

面對著眼前的空白考卷，我內心發出強烈質疑。

就在考試時間剩下十分鐘左右時，前方傳來啪的一聲，吸引了全班的注意力。

抬眼一看，化學老師正站在教室最前方，雙手合十地宣布：「好，現在考卷往後傳，交換批改。」

慘了，我本以為老師會在下課後帶回辦公室批，沒想到會在課堂上直接交換批改。

交出考卷前，我無奈地瞥了最後一眼，除了計算題自動放棄外，多重選擇題我隨便亂填，倘若好運全答對，最多也只會得24分。但得24分的機率更低，畢竟試卷上說得很清楚，錯兩個以上選項不給分。

交換批改的過程中，教室幾乎鴉雀無聲，唯有紅筆筆尖劃過試卷發出的沙沙作響，這聲音對我來說，無疑是種凌遲。

可是，再怎樣煩惱考試結果，也比不上我對樊勛的擔心。趁著這段空檔，我偷偷拿出手機，放在大腿上，想傳訊給他，問他怎麼沒來上學。

兩年來，我不曾主動傳訊息給他，正琢磨著該說什麼才好，沒想到就在此時，走廊上驟然傳來奔跑聲，我循聲望去，看見一道修長人影從教室前門竄進來。

他跑得上氣不接下氣，單手扶在門邊調整呼吸。

好死不死的，當我抬高目光，視線正好與他相撞。

——是……是樊勛。

即使我和他相隔一小段距離，但他那眼神前所未有的銳利冷峻，眸光直直投射過來，彷彿想單憑一眼看穿我的心思。

我的雙頰瞬間發熱，渾身抖顫一下，手機不小心從腿上滑落，掉在地上發出喀的聲響。

我趕忙撿起手機，深怕老師會發現。

可是，我多慮了，沒人管我，包括老師。

左鄰右舍紛紛放下紅筆，注意力全集中在樊勛身上。這本是習以為常的事，畢竟他向來是人群焦點，然而——

「喂，他誰啊？跑錯教室了嗎？或是被派來傳話的？」

「看領帶是同年級的……」

「哇哦，不知道是哪班的同學？長相太吸睛了！」

同學們交頭接耳討論起來，對話內容令我不寒而慄。

大家居然不認得樊勛？有沒有搞錯？這實在是太……太誇張了，總不會全班集體罹患失憶症？

「這偶像級神顏值，見都沒見過！若是別班同學，我鐵定會有印象！」裴歆妍用尺重敲桌面，以拍板定案的堅定語氣，大叫：「他，百分之百是轉學生無誤！」

依照她對顏值的高敏銳度，全班不約而同信了她，各個露出恍然大悟的表情。

在一片喧鬧聲中，老師攔住正邁步往座位走來的樊勛，「呃，你是轉學生嗎？這麼突然……照理來說，教務處要派人先通知導師才對啊。」

看來老師也信服裴歆妍的愚蠢推論。

「我不是轉學生。我讀這班，老師不認得我了嗎？」

全班一陣譁然，顯然對樊勛的回答感到匪夷所思，驚訝聲連連。

似乎除了我以外，沒人認得他是誰。

「安靜！」老師先是朝同學訓誡，而後又轉頭過來打量樊勛的制服，遲疑幾秒才緩緩開口，「這班我教了這麼久，對你完全沒有任何印象。真怪……」

「那是我的座位。」樊勛指向我隔壁的空位。

「那不是你的位子，」老師揉壓太陽穴，語氣聽來有些困倦，「那座位上的同學今天請假，對吧？班長？」

「啊，是這樣沒錯！」班長連忙起身附和，緊接著還補充道：「老師，依我看，我先帶這位同學去一趟教務處，找主任問清楚比較好。」

「嗯，好，那你先帶他——」

不等老師說完，樊勛突然以迅雷不及掩耳的速度奔到我身邊，二話不說直接一把拽住我的手，也不徵詢我的意願，硬是將我從位子上拉起，瘋了似地拖著我直往外衝。

我倉皇失措，張口結舌，左手被他死死抓緊，無法掙脫，加上他的動作快如閃電，只能加快步伐被迫跟著他跑。

隱約聽見教室內傳來陣陣騷動，而隨著距離愈拉愈遠，後方的聲音變得愈來愈微弱，到最後完全聽不見。

4

沿路橫衝直撞，一路狂奔，過程中轉了好幾個彎，三步併兩步地躍上一階又一階的樓梯，我的思緒變得十分混亂，無從得知他到底想去哪。

直到我幾乎快跑不動時，也差不多抵達他心中理想的目的地。踩上樓梯頂端的最後一階，他終於放緩腳步，同時鬆開我的手，讓我得以一手按在右側牆面，一手撐在膝蓋，彎著腰大口大口喘氣。

他站在一旁，不發一語，默默等候我平穩呼吸。儘管他貌似淡漠的臉上沒有一絲波動，我卻沒漏看他眼底若隱若現的煩躁。

「你到底想——」

待我張嘴準備開罵時，他又冷不防伸手把我拽到他身前，牢牢抓住我的雙肩，以不容反抗的強勢姿態，將我強行按壓在牆上。

兩手分別抵在我身後的牆壁，他微微俯下身，用逼視的眼神直直凝望我。

我慌了手腳，背緊抵著冰冷的壁面，很勉強才擠出一句話：「你、你到底要做什麼？」

他依然默不吭聲。

我被他注視得渾身上下不對勁，心跳狂飆，被他碰觸過的手腕和肩膀感覺灼燙，眼睛也不知該放哪，只好隨便往旁邊瞄。

這裡是通往教學大樓頂樓的樓梯間。尤其是轉角處最為隱密，即使是下課時間也鮮少有人會來。

他……他幹嘛帶我來這？

這、這裡不是他被金綾娜告白，又被獻吻的地方嗎？

我的腦海無法控制地反覆重現那一幕：影片中的少女輕輕墊起腳尖，伸手勾住少年的頸項，主動對他獻上甜美的一吻。

真是快瘋了！

忽然間，他抬手替我將散落頰邊的髮絲撩到耳後，指尖輕輕滑過我的臉頰，這奇妙觸感我實在難以形容，像是觸電般感覺顫麻。

我反射性地將視線挪回眼前，與此同時，我倆目光再次相接，那張稜角分明的絕美臉龐忽地朝我湊近，剎那間，他的吻落下了。

一瞬之間，這夢幻般的親吻方式，喚醒了記憶中初吻帶給我的怦然悸動，令人難以招架。心慌意亂之下，我情不自禁妥協於這份美好，只能緩緩闔上雙眼，任由他帶領我暫時忘卻世上所有的煩悶。

不同於初吻的淺嚐，這次他吻得更深入，輕柔中帶點霸道蠻橫，直到我快喘不過氣來，他才勉為其難地稍微鬆開懷抱，克制住想繼續親吻我的動作。

見我微喘著氣，他以沙啞的嗓音，附在我耳畔低聲呢喃：「明明就很喜歡我，為什麼硬是要逞強？」

「我沒有逞強！」我漲紅臉，惱羞成怒，想奮力推開他，卻反而被箝住手腕。

我抬眼，嘗試從他手裡掙脫，卻徒勞無功。他再次把我逼到緊靠牆面，毫無退路可言。

「看來對付妳，就是要用這種直接的方式。」他的眸色瞬間變得深沉，眼底滲透出掩蓋不住的埋怨與心痛，手掌撫上我的臉頰，得寸進尺地質問，「坦白告訴我，妳很想念我的吻吧？」

「……一點也不。」

「事到如今，還嘴硬。這裡明明就只有我和妳。妳怕什麼？妳到底在怕什麼？」

「我才沒有！」我噙著淚，竭力否認，對這份情愫感到羞愧自卑，再度重申先前的立場：「我說過了，我對你一點感覺也沒有。」

「妳知道嗎？其實妳並不擅長撒謊。一說起謊來，總是破綻百出。」他對我的回答十分不以為然，微斂下眼眸，用拇指指腹摩娑著我被他吻到熱燙的唇瓣，語氣充滿挑釁意味：「而我，不僅辨識謊言的能力很強，吻技也很好。」

「這就是你帶我來這裡的目的嗎？」

「不是，」他搖頭，「一開始，不是。」

「要不然是怎樣？你到底想幹什麼？」

他嘆了口氣：「我本來想問的是另一個問題，可是，現在我卻更迫切地想得到另一個問題的答案。」

「哪個問題？」

「情人節那天放學後，我在教室問妳的問題。妳記得很清楚才對。該死，為什麼妳就不能像金綾娜一樣坦率？要是沒從妳口中問出真正的答案，我是不會甘心的。」

他居然拿我跟金綾娜作比較？比起她，我很不起眼，哪裡比得過她？不過，莫非他帶我來這裡的目的，就是想拿她來刺激我？

「那天的事，我……我全忘了，」我乾脆裝傻，言不由衷地說：「畢竟都、都已經過一個月了。」

「一個月？什麼一個月？」他蹙眉。

「今天……今天是3月14日。」雖然我也不信，但我還是說了。

他啞然失笑：「胡扯。」

「是、是真的，」我說，「不信的話，你自己回去看教室黑板！」

「如果看了，我就該相信嗎？」

「什麼意思？」

「我不信。」他雙臂環胸，挑高一側的眉，冷笑一聲，「不管寫了什麼，我都不信。」

「為什麼？」

「難不成妳相信我是個轉學生嗎？」

「當然不是……」

「既然如此，班上沒一個人認得我，妳不覺得很奇怪嗎？」

「是……是很奇怪。」

「那就對了。我敢保證，這裡絕不是我們所待的現實。」他信誓旦旦表示。

「那……那你覺得這是哪？」

「這就是我一開始要問妳的問題。妳知道答案。」他微側著頭瞅我，眉目專注。

我瞪大雙眼，深感不解：「我？我哪知？你怎會覺得我知道？」

「剛才我一進教室，和妳對上眼的那一瞬間，我一眼就看出妳知情。但妳卻刻意隱瞞，更誇張的是，妳居然還有辦法那麼淡定地坐在座位上。發現異樣時，妳應該要跳出來質疑才對。」

他認為我很淡定？

頓時，我啞口無言。

不然我該怎麼辦？周遭人們將之視為理所當然的事物，即使我察覺有哪裡不對勁，到底該怎麼做才好？

為了不被其他人當作異類看待或是被排擠，默然接受，不是比較好嗎？

沉默片刻，他又嘆了一口氣說：「不光只是這件事而已。自兩年前的那一天開始，妳就變得很奇怪，很不像妳。我希望妳變得更勇敢，而不是變得退縮。」

撒了那麼多謊，我果然無法成功說服他。也無法說服自己。

這兩年來，我努力依照他人期待，假裝自己不喜歡他，不高攀他，但不管是在他眼中也好，或是別人眼中也罷，我都澈底成了眾人眼中不折不扣的膽小鬼。

我對自己更加生厭了。

這樣的我，哪有資格讓他喜歡呢？他應該要討厭我。

我真的好討厭自己，我不想再討論這件事了，於是我轉移話題：「話說回來，你為什麼會覺得我知道這地方是哪？」

「情人節那晚，妳一個人坐在庭園的長椅上，然後，突然發生了超自然現象。妳還記得吧？」

天哪，這表示他也看到了？

當時在我眼前出現一個怵目驚心的黑洞……

是啊，假如那天發生的事都是真的，那麼當時他原本要上前來救我，卻沒救成，反而不小心和我一起被吸進了黑洞裡嗎？

這實在太離奇了！

「所以……你所說的超自然現象，」為了確認，我小心翼翼形容給他聽：「就是出現在我手機上的——」

他不假思索地打岔：「有著強大吸力的黑色漩渦。」

我摀住嘴，呼吸愈發急促，有點不能呼吸。

見狀，他輕拍我的背安撫，柔聲安慰：「別怕，不管我們在哪，我都會像以前一樣陪在妳身邊，永遠保護妳。」

「樊勛，怎麼辦？我、我本來以為那只是夢……」我全身發抖。

「假如這真的是一場夢，那更好，我寧可永遠不要醒來。」他口氣堅定，沒有半點猶豫。

「為什麼？」他怎麼會產生這種消極的想法？

他回答得更快了，「因為在現實生活，妳總是推開我。至少在夢裡，可以放下所有的顧慮，跟我在一起，不必再管別人的目光，這樣不是更好嗎？」

這樣，真的好嗎？

我到底做了什麼，才會讓他寧願待在這個鬼地方，也不願回到現實世界？

這一刻，我遲疑了，內心湧起了疑慮、徬徨……與濃濃的愧疚感。

驀地，耳畔冷不防奏起一陣令人背脊發涼的詭異旋律。

5

登時，越過樊勛的肩膀，我看見他身後的那面牆前方，慢慢浮現出一串漂浮在半空中的深紅色文字。

【警告！系統偵錯時，發現一名未受邀請的訪客擅闖遊戲。玩家有權決定訪客去留。即刻起，您有24小時的考慮時間，時間一到，若未做決定，將視為逐出訪客。】

文字下方出現了一個白框的視窗，裡面有「逐出訪客」和「保留訪客」兩種選項，視窗右下角還有一個倒數計時的小圖示，顯示：「剩餘時間23：59：43」。

「快、快看！」我抖顫著身子，手指向他身後。

他轉過身去。

不料，他見到這串文字的反應，比我預期中還要激動。

他倒抽一口氣，往後踉蹌一兩步，靜默幾秒後，才強自鎮定地說：「見鬼了，這上面寫什麼東西？我怎麼看也看不懂？什麼玩家？訪客的？這到底怎麼回事？該不會是有人在對我們惡作劇吧？」

「不管是不是惡作劇，你不也曾經在那間密室看過？那些漂浮的文字啊……」

「密室？什麼密室？」

「就是那個奇怪的空間，我不太會形容。」

「我不知道妳在說什麼。」他轉過頭來，對我露出困惑的眼神。

難不成他根本沒去過那間密室？

「所以回教室以前……你是在哪裡醒來的？」

「我醒來時，發現自己躺在學校中庭的草皮上。我印象中，我理應在家裡的庭園，而且當時明明是晚上，還停電。醒來後，卻是白天。我察覺不對勁，總感覺哪裡怪怪的，所以才會衝回教室去，意外發現全班都在。接著，我就見到妳坐在位子上。剩下的妳都知道了。」

我記得當時在密室時，那串文字始終稱呼我為玩家。

這麼說，系統認為樊勛是擅闖遊戲的訪客，而非玩家？

就在此刻，那行文字消失了，徒留白框的選項視窗。

新的一行金色文字隨之顯現。

【遊戲說明：若選擇「逐出訪客」，該訪客重返現實世界後，將不會保有遊戲裡的記憶。若選擇「保留訪客」，玩家將喪失主動驅離訪客的唯一機會，並視為玩家邀請訪客一同參與遊戲，故比照遊戲對玩家的要求，訪客亦須嚴格遵守本世界之所有規定。】

樊勛見我沒答腔，又扭頭回去望向牆面。

他理解的速度很快，轉過頭，抓著我的手命令道：「別把我逐出去。」

「可是……」我也不想，但一看到最後一句話，心意立刻動搖，「它說，你也得遵守這個世界的規定，到目前為止，它都沒有詳細說明過，萬一是很嚴苛的規定怎麼辦？我不想這樣！」

「會有什麼嚴苛？若真照它上面寫的，這只是遊戲而已，不是嗎？」

「萬一……萬一這是危險致命的遊戲，怎麼辦？」

「妳老是愛胡思亂想！想法不要這麼悲觀好不好？」這次換樊勛指著我身後的牆面，語氣變得有些激動，「看，它說，這只是戀愛遊戲，會有什麼危險？我們一起在這裡談戀愛，有什麼不好？我實在想不透！這一切，簡直就像是作夢般美好，是我夢寐以求的願望！」

我側過身，瞄向那一行字。

【溫馨小提示：本遊戲為戀愛遊戲。】

我瞬間想起當時在密室裡，系統有提到，達成遊戲任務是離開這世界的唯一條件。

於是，我以簡單扼要的方式，把事情的來龍去脈告訴眼中閃爍著期待光芒的樊勛。

除了擔心被我趕走這點以外，樊勛似乎樂在其中，他的表情說明了一切。對於我何以按下戀愛遊戲ＡＰＰ這件蠢事，他反而毫不在意，滿腦子只想著戀愛這回事。

雖然很不想潑冷水，但我仍不忘提醒他：「它可沒說是我跟你一起談戀愛！萬一不是怎麼辦？我們會永遠被關在這個鬼地方，出不去！」

「它也沒說不是。何況，我只要能夠和妳在一起，不管是永遠沉睡在夢中，或是永遠被鎖在遊戲裡，都沒關係，為了愛情總是要做點犧牲的，我甘之如飴！」說完，他緊緊環抱我，用額頭親暱地抵住我的，以深情真摯的口吻懇求道：「答應我，讓我留下來陪妳，別把我逐出這個世界。」

我無法對他作任何承諾。

反正，還剩下23小時又56分的猶豫時間。

反正，照遊戲所說的，一旦他被踢出遊戲，他什麼也不會記得。

這樣不是更好嗎？

忘掉我曾經放任情感凌駕於理智之上的吻……

就算我倆真的能在遊戲裡肆無忌憚地談一場命運般的戀愛，但一返回殘酷的現實世界，一切夢幻般的美好就會化作泡沫般迅速消失殆盡。

那有什麼意義呢？只會徒增彼此的痛苦，不是嗎？

只要回到現實生活，我和他，從此回歸保持距離的原點。

6

然而，儘管時間分分秒秒倒數計時，選項視窗陰魂不散地尾隨著，我卻遲遲沒按下「逐出訪客」的按鈕。

這或許是因為，在我內心深處那位真正的自己，和樊勛一樣渴求能把握住這個誤打誤撞的機遇。

的確，在虛擬世界中談一場命運般的戀愛，多好，不必在乎現實世界的束縛，更好。

也許，如同樊勛所言，我應該拋下所有悲觀的念頭。

仔細想一想，戀愛遊戲能有什麼嚴苛的規定？說不定樊勛正是系統為我配對的對象？以他的條件，被系統形容為「超理想男神」也恰如其分。

緊緊依偎在樊勛的懷抱，他柔和的低沉嗓音逐漸平撫了我的煩憂，我們對於能在新世界相戀的期待也逐漸升溫。

不必再刻意與他保持距離這件事，讓我心生雀躍。

反正，這裡是遊戲世界啊……不必把任何事情看得太認真。

回到教室，班上同學依舊不認得樊勛，仍覺得他是轉學生。

倒是樊勛變得更積極些，他主動說要去教務處辦理報到手續。

不只是同班同學，連其他班的學生也簇擁著他，顯而易見的，他在新世界備受歡迎，輕易便擄獲少女心，成為眾所矚目的焦點。

目送樊勛離開後，裴歆妍走到我的座位前，臉上掛著難得沉重的神色，她抿抿嘴，以試探性的委婉語調斟酌著問：「欸，玥蒔，妳是不是和轉學生很熟？」

「轉、轉學生？」我怔了怔，依然不太習慣樊勛的新身分，遲疑半晌，才接下去回答：「嗯，是啊，我和他認識很久了……怎麼了嗎？」

她吞吞吐吐：「我在想，這樣是不是……有點……」

「有點怎樣？」

「雖然我不該管太多，可是身為妳的好朋友，總不能放任不管。」

「什麼意思？我聽不太懂。」

她從桌前繞過來，一邊挨近我，一邊壓低音量：「反正，妳還是別跟他走太近比較好，我怕別人會說話。」

倘若遊戲人設取材自真實世界的人物，那照道理來說，眼前我的這位知心好友，最不可能反對我和樊勛在一起。

在現實生活中，當了我兩年好閨密的裴歆妍，雖然對我和樊勛毫無進展的曖昧互動頗有微詞，卻總是三番兩次自告奮勇幫我探查敵情。因此，若得知我和樊勛的感情有所進展，她應該會連高興都來不及了，怎可能會反過來告誡我？

我不禁開始懷疑眼前這人，是否混雜了系統隨意塑造的性格。

畢竟是遊戲世界，所以還是會跟現實生活有些微妙的落差，是嗎？

「妳是擔心……他們會覺得我配不上他嗎？」我有點自卑的問。

「配不上？」她思忖了這個詞，隨即猛搖頭駁斥：「不是啦！妳瞎說什麼？怎麼會配不上？嚴格說起來，是他配不上妳才對！」

「他……他怎麼可能配不上我？」我感到不敢置信，這種說法我還是第一次聽到。她是在說笑嗎？

「姑且不論這點，」她的表情變得異常嚴肅：「總而言之，妳不希望別人在背後說三道四，罵妳劈腿吧？」

「劈、劈腿？什麼跟什麼？我沒跟任何人交往，為什麼要說我劈腿？」

「申玥蒔，妳真的頭殼沒摔壞嗎？從福利社醒來後，就變了個人似的！講起話來，顛三倒四！來，我帶妳去健康中心檢查！」語落，她勾住我的手臂，作勢要拉著我離開教室。

「別鬧了，我腦袋很正常！」我死命攀住桌沿不放，裴歆妍才勉強收手。

她指著我的鼻尖，怒氣沖沖問：「很正常？笑死！那我來考考妳，記得自己有個完美無缺的男朋友嗎？」

「男朋友……我說了，我沒有和任何人交往啊！」

「妳有！而且妳跟他交往一個月了！今天剛好滿一個月！你們是從情人節那天開始交往的，我可是你們小倆口的見證人呢！今天是3月14日！」

「那……那換我問妳，他在哪？我正好可以跟他說清楚，我沒跟他交往！」

她扶額搖頭，「唉唷，他今天碰巧請假啦，幸好沒目睹妳被轉學生拖出去的那一幕，否則他一定會傷心死！」

請假？

啊，對了，我記得化學老師曾說過，我隔壁座位的同學今天請假。

難不成那位神祕男友，就坐我隔壁？那原本是屬於樊勛的位子啊……

我忍不住瞄向鄰桌，那空空的位置，現在，居然變成其他人的座位，多麼古怪的一件事！

但話說回來，原本不屬於我的樊勛，經命運之神惡作劇後，一夕之間成為我的，這是多麼不可思議的事，大可說是美夢成真！

當我沉浸在複雜難解的心境時，裴歆妍突然放聲大叫，伸手扯動我的衣襬：「玥蒔！玥蒔！」

我的思緒因而被打斷，稍微側過臉，漫不經心隨口問：「怎麼了？」

「妳男朋友來了！」她興高采烈，手足舞蹈地直呼：「真是太棒了！來得早不如來得巧！」

「什麼男朋——」

在我閃神之際，有位不速之客倏地從身後一把抓住我的手，先是迫使我旋過身面對他，隨即又一鼓作氣將我拉往懷中。

更驚人的還在後頭。

猝不及防之下，我整個人失去重心，連驚叫出聲的空隙都找不到，他一隻手撐著我的後頸，另一手攬過腰際，瞬間低頭攫住了我毫無防備的唇。

第三章

我是你萬中選一的幸運兒？

1

被強吻的瞬間，我瞠圓雙眼，一股熱氣直達腦門，整個人頓時愣在原地，茫然失措。

不消兩秒，耳畔響起一首輕盈柔和的情歌，音色甜美微醺，似是要為這一幕製造甜蜜浪漫氣氛，卻一點也不符合我的心情寫照。

周遭爆出圍觀學生如雷般的鼓譟聲，甚至有人對此吹口哨，無疑把這當成是在看戲。

我簡直無言以對，心情陡然從震驚轉為震怒，回過神後便立刻使勁推開對方，一邊用手背來回擦拭嘴唇，一邊怒罵了聲：「混、混蛋！」

「我不叫混蛋，」這人真不是普通厚臉皮，還以帶有磁性的男中音糾正我：「我是妳的男朋友。」

我停下動作，仰起頭，張口呆望眼前所謂的「男朋友」，淺金色短髮襯著白淨面容，輪廓深邃的五官，澄澈透亮的眼眸，臉上掛著一副人畜無害般的經典燦笑。

奇怪，這人怎麼如此眼熟，好像最近在哪見過？

我絞盡腦汁，努力回想。

天哪！他……他就是那位遊戲ＡＰＰ的研發人員，車鉉封！

不同於初次見面時的成熟打扮，車鉉封身穿著和我同校的制服，看似不折不扣的高中生，絲毫沒有違和感，且不可否認的是，他穿起制服來就像是那種少女漫畫會出現的校園風雲人物。

一認出他的身分後，我氣急敗壞，馬上指著他破口大罵：「你……你這大壞蛋！你這死變態！」

緊接在後的是另一道憤怒激動的男聲：「你找死！」

本以為全場只有我最氣惱，沒想到有人比我還要抓狂萬分。

就在車鉉封準備回嘴時，眼前驀然竄進一抹高挑的身影，擋在我面前牢牢揪住車鉉封，怒不可遏地大吼：「混帳東西，你竟敢欺負她，嫌自己活得不耐煩？」

「樊、樊勛！」我驚呼。他不是去教務處了嗎？該不會碰巧撞見這一幕吧？

「就算活得夠久，也不代表活得不耐煩，人世間有太多有趣的事物等待我好好探索。」車鉉封好整以暇地反握住樊勛的手，絲毫不受任何驚嚇，臉上依舊掛著如陽光般和煦的笑顏。

但那天真無害的笑容，在我和樊勛眼中，是無比邪惡。

二話不說，樊勛直接舉起另一隻手，猛力朝車鉉封那張俊臉一揮——

儘管同仇敵愾，但暴力相向就是不對，我急忙想上前阻止，要他先冷靜，萬萬沒想到，在這短短的一瞬之間，當樊勛的拳頭距離車鉉封的臉頰大約只差毫米時，卻倏地停下來。

我怔愣了一下，感覺有點不太對勁，趕忙上前去，打算先拉開樊勛再說，卻怎樣也拉不動。

他彷彿石化了一般，定住不動，連眼睫毛也沒眨，保持著一個差點打中車鉉封的僵硬姿態。

「樊……樊勛，你、你怎麼了？」我嚇傻了，拚命搖晃他的手臂，卻無濟於事，他還是一動也不動。

慌亂之中，猝然抬眸撞進車鉉封的眼眸，只見他眼底含笑，眸光蘊含著深不可測的思緒，他下巴微抬，示意要我看看旁邊。

出於一種本能反應，我乖乖照做。

挪動發抖的雙腳，我往四周慢慢環顧，不看還好，看了之後，身體抖得更加厲害。

我不曉得該不該信任自己的眼睛……

在場除了我和車鉉封以外，所有人都被定格在原地，就好似一幅畫。

頃刻間，原本鬧哄哄的教室變得死寂無聲，我只聽得見自己微弱而急促的呼吸聲，連惱人的背景音樂也不復存在。

就算雙眼出現幻覺，總不會連耳朵也失靈吧？

在這靜止的時空裡，所有景象似真似假，全都瞬間被凍結在前一秒。

一旁圍觀的學生依然維持著張嘴吶喊，持手機對準我們的姿勢。

目光穿過人群的縫隙，教室後排座位有一名搗蛋鬼剛好要從桌子一躍而下，卻宛若騰空飛舞在半空中，看起來極其詭異。

有一只不知被誰射出的紙飛機，正從那男同學的肩膀擦過，也停滯在空中。

再將視線朝右邊掃去，坐在窗邊一位綁著馬尾的女同學正神情愉悅地手持熱水瓶倒水，太過粗魯導致水花四濺，大小不一的水珠漂散在杯子上方。

還不只這些，回頭望去，教室前門有個奔跑中披頭散髮的女生，仍維持雙手擺動，張嘴吸氣，一腳才剛要跨進教室的動作。

至於站在我斜後方的好朋友裴歆妍則睜大雙眼，兩手高舉，嘴巴張得好大，似乎還停留在樊勛即將要爆打車銥封的那一剎那。

不僅如此，原本在走廊上走動的學生和教職員，也集體被定格，無人倖免。

就連原本跟隨著我的倒數計時器也停擺了，恰似有人按下暫停鍵，強迫這世界從此停止運作。

這實在太瘋狂了！電影特效般的虛幻圖景，在我眼前真實上演。

我登時萌生一種猶如行走在夢中的混亂錯覺。

由於眼前所見太過震撼，即使我拚命在內心提醒自己這裡是遊戲世界，隨時都有可能出現天馬行空的各種戲法，可是仍無法壓抑慌亂的思緒，心臟劇烈跳動，難以適應這突如其來的視聽衝擊。

「相信我，妳很快就會愛上我，我比任何人都還要來得完美，這裡也沒有人能夠插手阻撓我們的戀情，畢竟這裡是可以滿足所有心願的超理想世界。」

半晌，車鉉封終於打破沉默，溫潤的嗓音迴盪在這片靜寂的空間。

「只要妳願意，秩序即掌握在妳我手裡，我們是這個世界的核心，在這裡的所有人，就像太陽系的行星一樣，只能安分守己地繞著我們轉。」

我轉過身來面對他，他的笑容裡有著掩藏不住的得意，若不是對成功震懾住我這事產生優越感，就是對自己太有把握，以至於說起話來毫無分寸可言。

見我沒應話，他瞄了面前的樊勛一眼：「擔心他嗎？給妳個良心建議，將他驅逐出這裡，是萬無一失的決定。說起來，除了痴心愛妳這點，他一點用處也沒有，只會礙手礙腳，造成妳的不安，讓妳躊躇不敢向前，妳以後就能明白為什麼。」

驀地，這番嘲弄之語觸動了我的敏感神經，我毅然拋下恐懼，硬是從乾啞的喉嚨吐出破碎顫音：「你……你這壞蛋！為、為什麼要……綁、綁架我和樊勛？快放我們走！」

「綁架？」他笑瞇了眼，摸摸下巴，饒富興味地打量我，「請問，我有把你們綑綁起來嗎？」

這傢伙居然還有閒情逸致耍弄文字遊戲？

根本是隻狡猾的狐狸！

「是、是沒有……」我握緊雙拳，氣到頭頂快冒煙了，「反正，快放我們走！」

「既然沒有，為什麼說成綁架？打從一開始，就是你情我願。」

「哪是你情我願？你胡說！」

「妳犯傻了嗎？」他指指腦袋，一本正經地問：「當妳下載遊戲時，我有掐著妳的肩膀，強迫妳安裝嗎？」

怔愣一瞬，我小小聲答：「……沒有。」

「至於他，我有強迫他跟妳一起進來這個遊戲世界嗎？」

印象中，確實沒有。

面對他奸詐的文字遊戲，我思索了好一陣子，突然靈機一動，索性這麼說：「我不是他……沒辦法幫忙回答。」

「也是，那就姑且給他一次辯解機會吧。」

語畢，他輕彈手指，發出一記響亮清脆的聲音，有如按下了遊戲播放鍵的開關，卻僅僅喚醒原本被禁錮在時間裡的樊勛。

很快的，樊勛的長睫毛微眨，隨即，延續前一秒未完成的動作——眼見那拳即將要擊中車鉉封側臉，卻又遽然被輕易擋下。

車鉉封輕鬆握住樊勛的拳頭，力氣似乎大得驚人，他微微一笑，眉宇間掠過一絲警告意味，「真不像話，還想被我定格一次嗎？」

聞言，樊勛被迫收起拳頭，無奈之下，只能側身伸腳重踹一旁的椅子洩憤，同時發出一聲難受卻不甘心的短促低吼：「真該死！」

很顯然，他清楚地知道，與車鉉封硬碰硬，不會有好果子吃。

輕咳一聲，車鉉封確定將樊勛的注意力拉回自己身上後，才笑瞇瞇地表示：「親愛的訪客，雖然你剛才被定格了，可你確實有聽見我和玩家的對話吧？來，說說你的答案，我有強迫你進遊戲嗎？沒有吧，是你自己闖進來的，怪誰？」

「我並不怪任何人。就像你說的，是我自己擅闖進來的。」樊勛瀟灑承認。

「聽仔細了吧，」車鉉封滿意極了，瞅向我：「從頭到尾，我可沒強迫過誰哦。」

這下我完全找不到話來反駁。

樊勛忽然開口問：「要是我沒搞錯的話，你應該就是系統指派給她的戀愛任務對象？」

「沒錯，像我這麼完美無缺的人，天底下找不到第二——」

幸虧樊勛腦筋動得比我還要快，他機智地打斷車鉉封的話：「說沒強迫，根本是騙人的。你利用闖關任務來哄騙她，逼迫她愛上你，才可以離開遊戲世界。如果這不是強迫，什麼才是？你到底在打什麼算盤？」

「是、是啊，遊戲任務太無理取鬧了，根本是強迫中獎！憑什麼要我愛上你？我一點也不喜歡你！」我挨近樊勛身邊，乘勝追擊附和道。

似乎是想安撫我的恐慌，他伸手握緊我顫抖的手，柔聲低喃了句：「別怕。」

「哈哈哈，這真是天大的誤會，」車鉉封誇張地大笑幾聲，「每個遊戲都有自己的劇情設定或任務，不喜歡的話，何必下載？有關本遊戲的介紹，在下載頁面寫得鉅細靡遺，包括遊戲任務說明和相關注意事項。當初安裝前，自己沒讀仔細，怪誰？」

為了證明自己所言不假，車鉉封左手往旁邊一指，叮的一聲，循聲望去，浮在半空中的圖像重現出當時的手機畫面：除了上方有兩行勾起我強烈同理心的標題文案外，底下還依序列舉出關於本遊戲的故事設定、特色及任務目標。

說實在的，對這段文字，我隱約有些微印象，可當時卻不當一回事，才會快速瀏覽過去。

這下我百口莫辯，身體抖顫得更厲害了。

若不是樊勛陪在身邊，恐怕我現在早就直接宣告放棄，索性接受命運安排。畢竟達成任務目標，是脫離遊戲世界的唯一管道。

「真陰險，看來你是有備而來的。」樊勛蹙眉，抬手指向下方的最後一行字：「這字體居然刻意縮小好幾倍，不覺得太心機了嗎？」

那行字確實很小，他不說我還沒留意到，我瞇起眼睛，仔細一瞧，上面寫著：系統管理員可隨時調整設定及所有規定。

心頭一陣寒，我深深覺得自己誤上賊船受騙了，十分懊悔當時沒看仔細便直接下載安裝。

「願者上鉤，這遊戲是玩家自願下載的，我從沒強迫過她。敢問兩位，到底要我重複幾遍呢？我甚至還曾允諾會給她額外的ＶＩＰ待遇，等於免費體驗又賺到福利，太划算了！」

問題是，我壓根兒不覺得這是一種福利……

收回目光，百般無奈下，我只好低聲下氣地問，「難道沒有反悔和商量的餘地嗎？你到底想要做什麼？跟我談戀愛一點好處也沒有，像你條件這麼好的人，怎麼不另外去找——」

車鉉封立即打岔，「這妳就錯了，打從第一眼見到妳，我就愛上妳了。」

「你、你在開玩笑嗎？」

「嚴格來說，我是被愛神惡作劇射中了箭，所以才會無藥可救地愛上妳，從此肩負著必須讓妳獲得幸福的重責大任。」他皺眉，臉上顯露悽楚，一手按在胸口上，說得一本正經，彷彿這是一項命定般的使命。

「愛神？這世界上哪有什麼愛神？」我沒聽錯吧？車鉉封居然還自以為幽默，我真服了他。

「這一切都是你搞的鬼，還謊稱什麼愛神？」樊勛插嘴，口氣輕蔑。

「信不信隨便你們，」擺擺手，車鉉封自我感覺良好的表示：「總之，這個遊戲世界的目的就是幫助玩家找尋真愛，也就是，讓妳愛上我！妳，就是萬中選一的幸運兒！」

「她的真愛是我，你出局了。」說完，樊勛摟住我的腰，就像宣示我是他的一樣。

「咦、咦！」我被他這霸氣舉動嚇傻了眼，心臟撲通撲通狂跳，整張臉變得好燙。

受不了樊勛刻意放閃，車鉉封翻翻白眼，嘖了一聲，一股疾風倏地颳起，促使我和樊勛被迫分開。

那陣風對我很仁慈，只讓我踉蹌了一小步，但樊勛卻因此直接飛撞到靠走廊那側牆邊的桌椅，發出不小的碰撞聲響，聽起來風的威力施在他身上時驟然增強。

「樊勛，你沒事吧——」我急忙想上前去拉他一把，可是，雙腳卻被怪力釘在原地，整個人動彈不得。

「沒事，別擔心。」他站起身時有些吃力，卻不忘先朝我掃了一眼，確定我安然無恙才安心。

「兩位，我已經解說得夠仔細了，可以重新載入遊戲進度了嗎？」車鉉封遮嘴打了個哈欠，轉頭看我：「玥蒔，昨晚我為了點事情破例熬夜，所以今天有點睏，等我醒來以後，我們再來約會，行嗎？」

「約、約會？我不要！我不想跟你約會！」我咬牙切齒地大叫，想跺腳，無奈雙腳被鎖死了，沒辦法移動。

「混帳，你到底是誰？來路不明的人，憑什麼強迫她和你約會？根本就是詐騙集團！」樊勛也發出抗議的怒吼。

「廢話到此為止！這世界我最大，規定是我說了算！」

語音方落，車鉉封不容分說地揮了揮手。強烈的昏眩感再次撲來，不到一秒，黑暗驟臨，我再度失去意識。

2

當我重新睜開雙眼，忽見場景已從教室瞬移到家門口，白晝也倏然轉為黑夜，由於累積了前幾次的經驗，所受到的驚嚇感已經沒有最初那樣震撼。

人總是會習慣的，不管是在現實生活，或者是在遊戲世界裡，都一樣。我們對愛莫能助的事物和常規，總是有一種無可奈何的適應性。說不準這究竟是好或壞，也許是生物必然的本能。

「玥蒔？」一道熟悉嗓音在我身旁響起，語帶關切的同時，還伸手輕拍我的背。

我這才察覺樊勛就站在我身邊。

「樊勛……對不起，是我連累了你。」我抬頭凝望樊勛，心裡滿是愧疚，手指不安地絞動著。

路燈的光暈照拂在他俊美白皙的臉龐，泛出柔和微光，一迎上我的視線，他輕輕搖頭，絲毫不把我的錯放在心上。

他的臉和脖子有幾處瘀青及血痕，可能是不久前被風括起時撞到桌角所留下的擦撞傷，我的心狠狠揪痛了一下。

「真的很抱歉，都是我害的。」我又說了一次，發自內心的懺悔，心裡同時浮現了一個念頭。

「不准妳自責。現在最要緊的事，就是請妳趕快按下保留訪客的按鈕，讓我留下來陪妳。我剛剛去教務處時，被趕出來了，他們說我的身分無法辨識，因此沒辦法辦理報到手續。我猜想，可能是要按下『保留訪客』，才能解決問題。」

原來是這樣，所以他才會折回教室啊……

沉默片刻，我艱難地對他坦承前一秒所下的決定：「關於這件事，我已經下定決心了，這個世界真的太危險了，我不能留你，對不起！」

他微蹙眉宇，「妳該不會想把我逐出去吧？」

「嗯。」淚水應聲滑落，我不想連在虛擬世界都拒他於千里之外，但卻別無選擇，為了他著想，非得這麼做不可。

這個念頭一明確，原本總是尾隨在身後的白框視窗忽地顯現在眼前。上頭的倒數計時器已重新運作。儘管考慮時間尚有十多個小時，但這次我不會再猶豫了。

透著光，半透明的視窗後是我倆的家。

「這是僅有一次的機會，你該回家了。」

咬著牙，我伸手，將指尖挪移至「逐出訪客」的位置，正準備按下的那一剎那，樊勛竟冷不防握緊我的手腕，強行將之移到「保留訪客」的按鍵，用力往下壓——

「你！你在幹嘛？」我愕然，驚叫了一聲，抽開手的瞬間為時已晚，系統已發出嗶的一聲。

【收到玩家指令，正在設定訪客新身分……請稍候片刻。】

我沒料到他會來這招！

旋即，我死命連按好幾十次「逐出訪客」的按鈕，希望能及時挽救，並誠心誠意祈禱系統會傾聽我的心聲。

畢竟那並不合乎我心中的意願，是他硬是抓住我的手按下的，照道理，這遊戲系統既能讀出我的心思，就不該讓錯誤的決定生效才對。

但我錯了。

就像我們在瀏覽網頁時，有時會不小心手殘按下錯誤鍵，想反悔也來不及。

【設定完成，系統已驗證訪客新身分。】

是啊，錯了就是錯了，沒得商量……

從一開始，我就不該指望這個一點也不理想的《理想的戀愛世界》！

我雙手抱頭，不知該如何是好，眼角瞥向身旁的樊勛，發現他嘴角上揚，滿意地緊盯著逐漸消失的文字，我忍不住氣憤地朝他大嚷：「笨蛋樊勛，看看你做了什麼？這下可好，你再也回不去了，我想救也救不了你了！因為我不可能會愛上車鉉封，所以無法達成遊戲任務！我們準備永遠被關在這裡，直到老死了！」

「別這麼悲觀，事情沒妳講得嚴重。」他狡黠地笑了笑，「何況，妳再也不能驅逐我，這點是再好不過的好事。」

「哪裡好了？」

「等著瞧，我會永遠保護妳的，絕不會讓妳被他欺負。他敢動妳，我就跟他拚命。」

只要想到車鉉封不惜傷害樊勛，我的悲傷和恐懼立即化作淚水，從臉頰簌簌流下，「我們根本鬥不過他，剛才在教室時，你也看到了，他無所不能，這是明擺在眼前的事實。」

「那又怎樣？我不相信他真的無所不能，他一定會有弱點。別怕，我會找出來的，然後，帶著妳一起回到我們的世界。」他以溫柔且帶著承諾的眼神看著我，並用領帶替我抹拭淚水。

「要、要是永遠回不去呢？」我吸吸鼻子，哽咽著問。

「就像我稍早前說的，如果永遠回不去，那更好，我就可以跟妳永遠在這廝守到老。」

「你瘋了……」我瞪視他。

「我是瘋了沒錯，從瘋狂愛上妳的那一刻起，我就澈底瘋了，但我樂在其中。我願意用自己的生命去換，換取所有能帶給妳幸福的機會。」

「可不可以停止胡說？不要說這種觸霉頭的話……」我哀求道。

「可以，但前提是，妳也得停止說那些悲觀的話，好嗎？」

「好吧。」如同交換條件，我終究還是妥協了。

沒幾秒，樊勛的眼眸掠過一絲猶疑，突然沒頭沒腦說了句：「我想吻妳。」

這話頓時使我腦袋空白，耳根灼燙，「咦？」

「看到妳被他欺負，我簡直快瘋了，可以讓我吻妳嗎？」他單手覆上我的臉頰，語氣裡盡是任性的埋怨。

我下意識摀住嘴巴，一連串畫面飛快閃現腦海，驀然記起前一刻我在教室裡被車鉉封強吻，而樊勛正巧撞見了那一幕，他激動得像是想宰了對方……

而現在，他的眼中仍燃著妒意，等待我的答案。

他今早不是說吻就吻嗎？怎麼現在變得這麼客氣了？

這心機鬼，擺明是想使我難堪……

我困窘地低下頭去，避開他緊迫的目光，雙手抓住裙擺，尋思該如何答話。

「不回答，我就當作是默認。」

「什麼──」

他俯身，直接用炙熱的唇吞沒我的話語，一邊深情地吮吻我的唇舌，一邊緊摟住我的腰，以拉近彼此的距離。

目光一觸及他的迷離眼眸時，我只能羞赧地閉上眼睛，忍不住順從激盪的情緒回吻他，雙手更不由自主揪緊了他的襯衫——

「喂！你們在搞什麼？」

3

聽這再熟悉不過的聲音，我反射性用力推開樊勛，整個人嚇到差點吃手手。

我不敢回過頭去確認，心中不斷祈禱著：不要是她才好，這時間點不可能呀，平時她不會在這時候回來……

「臭小子，待會最好給我解釋清楚！」媽媽直接略過我，蹬著高跟鞋，快步走到樊勛旁邊，橫眉怒目地斜睨他一眼，隨即從包包裡掏出鑰匙開門，並回頭投以一記要我們跟著一起進屋的警告眼神。

我傻楞楞地注視著媽媽的背影，遲遲說不出話來，只能呆立在原地不動。

這實在太反常了！

從小到大，媽媽雖然偶爾會發脾氣，但每次遇見樊勛，態度總是客客氣氣，從來沒有對他擺過臉色。就算隱約感覺到樊勛喜歡我，她也從不在意，反而覺得我和他很相配。

怎麼進了遊戲世界，就全變了樣？

不，等等，應該修正成：這遊戲也太爛了吧，媽媽的設定不該是這樣才對呀！

更誇張的是，我觀察到媽媽一身雍容時髦的穿著，從頭到腳散發出高級貴婦感，不像她平常簡單隨興的穿衣品味。況且，每次一下班，她通常都是穿上班地點的制服和平底鞋，現在怎麼會穿成那樣？

我滿臉驚詫，轉頭望向樊勛，他太過專注凝視前方，以至於沒留意到我在看他。從他的側臉，我看出他肯定跟我一樣，產生了相同的疑惑。只不過他嘴角微微往下垮，還輕嘆了一口氣，彷彿在擔憂著什麼……

「怎麼了嗎？」我不由得問道，拉拉他的衣袖。

「沒事。」他欲言又止，神情複雜，隨即舉步向前走。

我尾隨樊勛走進屋內，出於直覺先環顧了客廳一圈，似是沒有任何異常，擺設仍與真實世界的樣貌一模一樣。

唯獨躺臥在沙發上的媽媽才是最反常的。原本那雙穿在腳上的高質感香檳色高跟鞋被她甩在另一張沙發椅上。毛皮大衣也被隨便扔在腳邊。

這更加劇我心中的疑惑和恐懼。

身為房客的人，再怎樣與房東先生熟識，也總不能在對方兒子面前表現得如此邋遢隨便吧？

樊勛稍顯遲疑地停下腳步，我走到他身邊，偷偷仰頭瞄他，只見他嘴巴微啟，似乎也深感錯愕。

真是……真是快瘋了！

我焦躁地抓了抓頭髮，全身直冒冷汗，趕緊上前去把那雙鞋和外套撿起來，分別放在玄關的鞋櫃和衣帽架上。

就算是在遊戲世界裡，我也不希望虛擬的媽媽在樊勛面前丟失原本的形象。

她正忙著打電話。談話內容頗怪，提到什麼全買下來、珠寶、名牌之類的詭異用詞，邊說話的同時，還邊欣賞手指上一顆又大又圓看似鑽石的閃亮亮戒指，時而發出得意忘形的大笑聲。

「……好啦，那就這樣啦，我明天會去你們店裡看看。對了，我要你們當場為我辦一場豪華派對，畢竟我可是超級ＶＩＰ，總要有符合我身分地位的尊榮待遇！」她的語調盛氣凌人，儼然像是個暴發戶。

雖然很不想這麼說，也覺得不太禮貌，可是，我頓時產生一種素來樸實的媽媽被樊勛的媽媽附身的詭異錯覺，甚至浮誇炫耀的程度有過之而無不及。

無論我怎麼瞇起眼，左看右看，上看下看，那張臉孔，的確是媽媽的臉啊，聲音也一樣。

這遊戲是存心整人嗎？

號稱超理想世界，卻讓媽媽形象嚴重走樣。

我真想客訴！

「玥蒔，過來媽媽這邊坐。」才剛這麼想的同時，媽媽也講完電話了，她隨意扔下手機，坐直身子，一邊朝我招招手，一邊輕拍身旁的空位，和顏悅色的態度，不似幾分鐘前對待樊勛的凶狠口吻。

「去吧。」樊勛輕推我的背。

我硬著頭皮慢慢走上前去，聽話地坐到她旁邊的空位。

才剛坐下，砰的一聲，媽媽怒拍桌子發出重擊聲，我被嚇得肩膀縮了起來。

「臭小子，乖乖站在那裡就好！」媽媽驟然變臉，忿忿地指著還站在原地的樊勛怒斥：「跟你的帳還沒算完呢！」

「媽，不是他的錯！」我連忙要起身，但不知道怎麼回事，雙腳再次被系統釘死。

這下我終於明白何以樊勛站在原地動也不動，只有表情明顯起了變化，他皺緊眉頭，抿起嘴，兩眼直直盯著我，眼神透露出無奈。

他該不會被遊戲設定為禁止發言了吧？

「我真的很喜歡她。」

幸好是我猜錯了。

下一秒，他的視線從我臉上移開，注視著媽媽，繼續以誠懇的口吻說：「請伯母成全我們交往。」

聽到這席話，我的臉驀地漲紅，一陣熱氣上湧，腦袋混亂，心跳愈跳愈快。

他、他幹嘛說得這麼肉麻正式？又不是求婚，況且這只是遊戲不是嗎？而這位媽媽也是虛擬的人物，就算她成全我和他，回到現實生活也不算數啊。

但我也沒資格抱怨，由於太過緊張，以至於只能低下頭去，不敢看他。

偏偏煩人的背景音樂又忽地奏起，這次是急促到令人心慌的旋律，由密密麻麻的音符組成，聽得渾身不自在。

現場氣氛頓時變得好尷尬。

隔了幾分鐘的沉默，媽媽終於打破沉寂：「想跟我女兒交往，也得讓我認可你的身分吧！」

我忍不住抬起頭，好奇這兩人如何互動。

樊勛愣了愣，似乎認為媽媽也和班上同學一樣，不認識他是誰，於是，便開始自我介紹：「您好，我叫做樊勛，是玥蒔的同班同學，也是這裡房東的兒子，我的——」

「閉——嘴！」媽媽猛然打斷他的話，「你……你剛剛說什麼來著？我沒聽錯吧？再重說一次！」

他重複了一遍，「我的名字叫做樊勛，和玥蒔同年，讀同一班，也是這裡房東的兒子——」

「一派——胡言！」她氣得臉刷白了，又是一掌重拍桌子，發出巨大聲響。

媽媽的脾氣從來就沒有這麼暴躁過。

這遊戲真的很扯。我一點也不喜歡虛擬媽媽的人設。車鉉封居心何在？

「天啊！年紀輕輕就會撒謊！還敢當著我的面……」媽媽轉而望向我，一臉嚴肅，「玥蒔，妳絕對不能跟他在一起，媽媽我不允許！」

「他、他沒有說謊啊！他說的都是真的！我可以保證！」我比出發誓的手勢。

「唉，玥蒔，妳眼睛沒問題吧？」媽媽沒好氣地問。

「什麼？」我紅著臉，怯生生答：「他長得很帥啊……這是大家公認的。說到長相，反而是我配不上——」

她截斷我的話，「同樣好看的臉，也不代表同一個血緣吧！他長得和妳哥哪裡像了？」

「媽，妳在胡說什麼呀？」我確實搞不懂樊勛和我哥有什麼關聯？更搞不懂媽媽為何突然拿樊勛和哥哥比較？

「喂，他說，他是房東的兒子耶！」媽媽氣沖沖大叫。

「他確實是啊！」

「問題是，他不是我兒子！」

「本來就不是啊，」我滿頭霧水，不解這兩句話有哪裡衝突，「他是房東的兒子。」

「房東？哪裡的房東？我才是這裡的房東！」她愈說愈激動，還抓起沙發的抱枕朝他猛砸。

樊勛閃都沒閃，幸好沒砸中，抱枕劃出一道漂亮的拋物線，迅速落在玄關旁的盆栽前。

這下她更是火大，失去理智地揮舞雙手，大聲咆哮：「搞什麼，明明就只是窮酸房客的兒子，瞎說什麼房東？唉，睜眼說瞎話就算了，也不看看說話的對象是誰！除了這點以外，理解能力也很差，連我話中的含意也搞不懂！我剛才指的是，我不可能認同他的身分！聽不懂人話嗎？」

天哪！遊戲的設定竟是讓樊勛他家變成房客，而我家變成房東，太荒謬了！

我由衷想為樊勛抱不平，他卻反過來對我使了個噤聲的眼神，他覺得多說無益。

雖說這裡是遊戲世界，但虛擬媽媽兇起來的魄力和威嚴，完全是真實世界的千百萬倍。光是看樊勛站在那裡挨罵我心裡就難受，每當我耐不住性子插嘴時，她便會罵得更起勁，再加上雙腳被釘住，也無法拉著他逃走，最後只好乖乖忍受這頓訓斥。

歷經煎熬的一小時，直到媽媽罵到聲嘶力竭，最終她將心聲總結成兩句話：「反正我絕不允許你們交往，因為你條件太差配不上她。」

這些話如尖刺般扎進我心中，我不禁回想起兩年前感受過的強烈痛楚，如今再一次對我們造成傷害。

難道，我和他，命中注定不該在一起嗎？

然而，就在我愈發悲觀，頭垂得愈來愈低時，旋即聽見樊勛以不卑不亢的口氣回答：「就算是這樣，我還是會努力成為配得上她的人，並用時間去證明一切，屆時希望您能認可我。」

我抬起頭望向他。

他目光炯炯，自始自終堅守立場，毫不畏懼的模樣令我肅然起敬，他不僅是我的嚮往，也是我所嚮往成為的那種人。

這一瞬間，我恍然明白，這才是自己當初該對樊勛他媽媽說的話，而非一味逃避。

「哼，嘴巴講講當然很容易，你啊，就加把勁吧！」媽媽臉上堆滿鄙夷，再也不表示什麼，抓起手機直接起身離去。

4

回房間後，我關上門，腦袋有點昏沉沉，對今天一連串發生的事感到疲憊不已。

環顧一下周遭，幸好房內擺設也和臥房位置一樣沒變，看來只有人物設定不同而已。

我很想索性早點上床，好好睡上一覺，也許明早睜開眼，便會返回現實世界。

但另一方面，矛盾的是，我莫名產生一種其實留下來也無妨的念頭。

畢竟，在這裡，最大的奢侈，就是能自由自在地與樊勛相愛，不必顧忌任何人。

方才他已當著我的面，間接教導我如何沉著應對不公允的苛責，而這是我過去兩年來，始終假裝學不會的事。

自覺慚愧的我，從這一刻起，很想作出改變，想一想，從遊戲世界踏出第一步似乎也不錯？

走到窗邊，正打算拉上窗簾，卻發現對面房間只點上昏黃色的夜燈，樊勛正倚靠在窗前，若有所思地凝望窗外靜謐的夜色，任憑光線一明一暗地暈染在身上。

我的倦意頓失，身體向前傾，雙手圈在嘴邊，低喊：「樊勛，這邊！」

當我們目光交會，他唇角微勾，馬上抬手，晃了晃手機，我瞬間理解他的意思。

兩秒不到，手機就響了，我立刻按下通話鍵。

「剛剛很抱歉，害你白白被罵，遊戲裡的媽媽好奇怪，根本不像她！」我搶先一步開口。

「與其說是妳媽，」他扯出一抹無奈的笑，「倒不如說是我媽。」

聞言，我禁不住噗哧一笑，為了避免他繼續說下去，連忙轉移話題：「剛才你好勇敢，對不起，我什麼忙也沒幫上。」

「我是裝出來的。」

怔愣一瞬，我問：「裝出來？」

「其實被向來尊敬的長輩罵，我心裡也很怕，只是不想被識破。」

聽到怕這個字眼，從樊勛口中說出，我還挺吃驚的。

沉默幾秒，他接下去說：「我討厭大人的世故，卻得裝成他們的世故，很諷刺嗎？」

「我覺得那不是世故，是成熟呢，反倒是我，太過幼稚了……對不起，這兩年來，我一直避開你，我不願意這樣，但我害怕被瞧不起。」

「既然害怕被瞧不起，那就更該抬頭挺胸，努力讓自己不被瞧不起。」

「很難啊……」

「就算很難也得克服。放心，我會陪在妳身邊，跟妳一起加倍努力。」

電話中，他低沉的嗓音溫柔地令人安心，對窗的他，同樣也以柔和的眸光撫平我的憂愁。

「你改變好多。」我感嘆地說，「我怕跟不上你的腳步。」

「我是為妳改變的。所以也會為妳緩下腳步，守在妳左右。我也希望妳從現在起，也為我作點改變，可以嗎？」

說到改變，兩年前的情人節是一道分水嶺，從此分隔我倆。

要是可以重來的話，我也想像他一樣勇敢為自己發聲。

「你相信我做得到嗎？」

「妳可以的，妳以前甚至比我還勇敢，忘了嗎？」

「哪、哪有？」

「明明就有。」他抬高音量，為我打氣：「申玥蒔，請妳趕快恢復成以前天真又一股傻勁的樣子！我最喜歡那樣的妳，總黏在我的身邊打轉，看著像隻傻裡傻氣的小貓！」

「你比較像貓，沒有自知之明嗎？貓兒臉先生。」我嘀咕。

聽到貓兒臉一詞，他莞爾一笑，「妳還記得？」

「當、當然，那些花可是我們一起種下的呀！」我伸手指向底下庭園裡的那一排排花盆。

「不愧是我的貓兒臉。」他的語調帶著憐愛，愉悅地把手肘撐在窗沿，托著下巴看我，臉上綻出迷人的笑容。

腦海浮現起他畫在黑板上那對熱戀中的貓，我的心底頓時泛起了陣陣漣漪，臉頰發燙，害羞地想別過臉去，卻又捨不得不看他。

我輕咬下唇，遲疑了片刻才說，「對了，幸虧你阻止了，謝謝。」

「不懂？」他歪著頭。

「我是說，幸好你有阻止我把你逐出去。」

「沒錯，還好我懂得掙扎，否則妳就得一個人孤單老死在這。」他調侃道。

「現在倒換成我和你，注定老死在這了，滿意了嗎？」我也反過來揶揄他。

「至少不是孤單一人老死，」他說，「坦白說，只要能和妳永遠在一起，去哪都行。」

「永遠跟、跟我在一起，不會無聊嗎？」

「一點也不無聊，很好玩的，尤其是捉弄妳的時候，或是搞曖昧的時候，」他意有所指地說：「還有，看妳吃醋的時候，也特別有趣。」

聽聞，腦袋驀然閃過他故意任金綾娜親嘴的那一幕，我氣呼呼放下手機，直接朝對窗的他嚷：「你……你這心機鬼！」

在璀璨星光的見證下，我們恢復了昔日的感情，笑鬧聲不間斷。

我也向他承諾，接下來，我會學著變得勇敢，與他一起攜手填補青春的空白。

5

聊了好久，依依不捨與他道晚安後，我關上窗，走到浴室準備要洗澡，手探入口袋檢查是否有面紙時，一個柔軟的觸感稍微令我心間微微一怔，取出來一看，竟是那枚原本落在樊勛髮梢上的三色堇花瓣——

「還在啊……」

果然，那不是一場白日夢。

在正式啟動遊戲前，我和樊勛真的就躺在庭園裡。

洗完澡後，我從抽屜裡拿出一本空白記事本，小心翼翼將圓圓的小花瓣放在裡面，覆蓋一張紙巾，然後把一疊厚重的書本壓在本子上，打算過幾天再將之製成書籤。

不曉得過幾天，我和他是否會繼續留在這世界，或者已經重返現實了？

倘若時間能快轉，就可以提早知道答案，可惜沒辦法，正如同時光也無法倒轉的道理一樣。

縱使如此，回憶隨時隨地都可以倒流。

我從書桌最底層的抽屜裡，拿出幾年前製成的一只書籤。

無論再怎麼苦澀的回憶，都已滙聚成今日我所擁有的美好。

望著手上這張漂亮的壓花書籤，我不由自主陷入沉思。

一股對往事的懷念急速由胸口湧現，勾動了原本被埋藏於內心深處的記憶。

闔上雙眼，我放任自己追隨這波奔流情感，讓這珍貴難得的一刻，自然而然與最初我和他真正相識的那一天疊合在一起……

*

那時候，我才升上國中不久。

剛搬來這座城市的最初幾天，格外難熬，簡直度日如度年。

人生地不熟，也尚未與班上同學熟識，一下課沒什麼地方好去，只能回家。

當時就讀高中的哥哥深受爸爸的影響，立志考上醫學系，一下課後若不是在圖書館唸書，就是去打工，完全無心玩樂，當然也沒餘裕像小時候那樣天天陪我玩耍。

而媽媽為了支付幾年前借貸的醫藥費、我和哥哥的學雜費，以及全家平日的生活開銷，除了白天的正職外，晚上還外出兼差，可說是從早忙到晚。

雖然我曾多次反映也想去打工賺錢，但媽媽卻堅稱我年紀尚小，頭腦也沒哥哥好，理當花更多時間在課業上，所以每次都回絕我的要求。

向來寵愛我的哥哥也不願幫我說情，他甚至叮囑我，要我趁著長大前無憂無慮地盡情玩耍，還說錢的事只要他和媽媽操心就足夠。

這也是為什麼，大部分時間，家裡都空蕩蕩的，只留我一人獨自看家。沒有玩伴，每一分每一秒都過得很緩慢。

然而，不管怎麼慢，時間終究仍是會轉動。

度過難熬的幾天，迎來搬來這的第一個週末，想當然耳，我也得負責看家。理應愜意悠閒的假日，我一點也開心不起來，反而感到分外孤單。

星期六一清早，延續前一晚的雨勢，雨水持續打在屋簷上發出叮咚聲響。

花了一個多小時，在房內寫完擾人的數學習題後，實在很煩悶，無法靜下心繼續看書。恰巧雨也正好停歇，於是，我打開窗透氣，往下隨意眺望，發現雨後的庭園看起來比平日還要美。

忽然間，我萌生了想去庭園走走的念頭。

在此之前，煩心的事很多，我一直沒辦法沉澱心思欣賞這裡的風景。

坦白說，當時我一點也不喜歡這幢屋子。氣氛很沉悶。

這幢獨棟不受打擾的建築，屋齡頗久，咖啡色斜屋瓦，牆壁採紅磚白漆，房子中間還有一座鬱鬱蔥蔥的小庭園。

大抵上，宅子整體造型典雅，房客住還嫌太奢華。而之所以有幸住這，是因為媽媽和屋主是舊識，對方一得知我們要搬來這座城市，便主動伸出援手，破例接納我們成為僅此一家的房客。

然而，房東先生老是不在家，與我同年紀的樊勛，初見時板著一張令人驚豔卻高傲的面癱臉，連句招呼也懶得說，炯銳黑眸瞅了我一眼後，便轉身走人，像隻孤僻的貓。

由於我的房間在他對面，總會不可免地從窗口不經意與他對望。

作為客人，我想儘量對屋主一家表現友善，因此曾試著厚臉皮地對他揮手示意，沒想到他卻二話不說地拉上窗簾，似乎覺得我的存在很礙眼。

接連一星期，他都以這種冷傲態度對待我，以至於我對他的印象愈來愈差。

而這天清晨，我正心血來潮，隨意披了件外套，就走往小庭園散心。

庭園裡花團錦簇，蝴蝶翩翩飛舞，蜜蜂忙碌採蜜，清新濕潤的空氣中飄散著花香和泥土味。

放眼望去，庭園栽種的花種不多，大多都是玫瑰花，若將之取名為玫瑰園或許也不為過。

驀地，我在高貴華麗的玫瑰花叢間，發現了十分熟悉的花朵。

「沒想到這裡也有啊，哈哈，好可愛，躲在玫瑰花叢裡真是辛苦你們了，一點也不起眼，一定很寂寞吧。」

我蹲下來，伸手輕觸花瓣，忍不住喃喃自語，「只可惜我到現在也不曉得你們的名字，只知道老家種了很多你們的同伴。」

「三色堇。」一道低沉清冷的男聲從我背後響起。

「咦？」我錯愕極了，沒料到有人會回答我的問題。

扭頭一看，是房東的兒子，他不聲不響走到我身旁，以俯視的角度睥睨我。

我緩緩抬眸，迎上了他的視線，也不知道怎麼搞的，內心頓時像亂了序似地，心臟亂怦怦跳著。

他的眉宇之間帶著清冷高傲，如此孤傲的一個人，居然會在今天主動搭理我，太陽打西邊出來了嗎？

他目不轉睛盯著我瞧，我尷尬極了，臉頰灼燙，不知該把視線擺哪。

「貓兒臉。」他冷不防吐出一句。

我訝然，貓兒臉？這什麼意思呀？

大概是見到我睜圓了眼，他冷冷地補充說明：「三色堇的別名。」

「哦……原、原來是這樣。」我忍不住讚嘆：「你懂真多。」

「是妳太孤陋寡聞，這是很常見的植栽。」他不屑地挑眉。

這人怎麼如此沒禮貌啊？不過單憑他平日的態度，我不應該訝異才對。

「跟妳長得有點像。」

「什……什麼？」

被說像花，我該開心嗎？這個說法我還是第一次聽到。

無論如何，也不曉得是否為讚美，只知道這花長得雖然可愛，可是若被形容成玫瑰花，我會更高興。

我鼓起腮幫子，瞪著他。

「我說貓。」他若有所思。

「貓？」哦，這人跳躍般的思考，我快跟不上了。

「一早見妳蹲在這，我還以為之前養的小貓回來找我了。」

「唔……」

他是把我看成我蹲在這裡跟貓玩，或者，指的是，把我看成他丟失的那隻貓？

正當我想問他時，他突然伸出白皙修長的手，擅自摘下其中一朵三色堇，一瓣又一瓣的，面無表情地將掰下的花瓣往地上扔去，一點也不留情。

「喂，你！你為什麼要把它丟掉？太過分了！它活得好好的！」在我眼中，這是很殘忍的舉動。

「妳喜歡這麼平凡的花？」他投以輕蔑的視線，沒停下手中的動作，又摘下另一朵繼續掰花瓣。

我直覺這人瞧不起我，所以想刺激我。

我不禁站起身，握緊雙拳，急著要替小花辯駁：「不平凡啊，很可愛！別欺負它！」

「到處都看得到，不是什麼稀有的品種。」他還追加一句：「只是野花。」

「野、野花？野花又怎樣？況且，種在這裡就不算野花吧？」

他沒回答，只是兀自咕噥著說：「我以為只要是女生都喜歡玫瑰。」

「哦，原來是這樣，你的目的就是想討女孩子歡心，所以才會種那麼多玫瑰花？」我純粹想反過來刺激他，說完才意識到自己說的話很不得體，畢竟我也不確定這些花到底是他種的，還是房東先生種的。

他目光驟然變得深沉，把那朵未掰完，只剩下孤零零一片花瓣的三色堇放在我手心。

看著手中殘存的花瓣，我錯愕，以為他良心醒覺。

不料他卻側過身，斂下眸光，淡淡地說：「因為我媽媽喜歡。她看了心情好，也許就會跟我爸和好也說不定。」

「三色堇？」

「玫瑰。」

我後來才知道，樊勛為了討好他媽媽，無所不用其極，只盼離婚的雙親能重修舊好。

再隔了幾個星期，等我和他混熟後，有一次他私下告訴我，小時候他曾撿回來一隻流浪貓，想養，但母親叫他扔掉。

他捨不得放任小貓流浪街頭，所以堅持要養，翌日放學時，當他興奮地揹著書包，手裡拿著剛買回來的貓糧，呼喚小貓的名字時，母親卻說小貓跑了。尋了好久，都沒找著小貓的身影。

後來，他從父親口中得知母親生性討厭貓，所以她才會趁他回家前把貓趕走。從此，他被迫捨棄想養貓的念頭。

而那些花，由於俗稱貓兒臉，他便索性種下，混在母親最愛的玫瑰花叢裡。

我猜，他是別有一番用意，希望母親能認可。

當我想說些話安慰他時，他反而抬手揉亂我的頭髮說：「因為妳知道了我的小祕密，所以妳必須付出代價。從即刻起，妳就是我的貓兒臉。要隨時跟在我左右，懂嗎？」

「胡、胡說八道！你才是貓兒臉！」我雙手摀住頭，阻止他繼續弄亂我的頭髮，事實上，只是想掩飾臉紅，怕是自己誤把他說的話聽成了情話。

真不知道是不是說者無意，聽者有心？

這傢伙雖然孤僻，但還真懂得撩撥少女心。

從那時起，我便一天到晚黏在他身邊，彷彿這是很理所當然的事。

直到那些女生點醒了我……

*

我和他共同擁有的回憶，就算花了三天三夜也說不完……

隨著相處的時間愈久，我對他的愛慕也變得愈來愈深。

終於明白，正是他，觸發了我的初戀悸動。

想來，我是不該讓悲傷的事淹沒了快樂。

值得慶幸的是，我沒有丟失那一天，沒有丟失那枚被他手下留情的花瓣，還將之製成了美麗的書籤，永遠收藏著，封存著我倆初識時光的甜美回憶。

第四章

究竟是命運決定愛情，抑或由愛情抉擇命運？

1

隔天一早，設定6點的鬧鐘差點要響的那一刻，我就自然醒了。

醒來第一件事，就是先把手探向床頭櫃的手機，檢查今天的日期。

坦白說，雖然早有心理準備，但一看見螢幕顯示3月15日，我的心跳仍不自覺陡然加快。

這意味著，我還在遊戲世界裡吧？

是啊，遊戲提示說得很明白，沒完成任務目標前，絕對不可能回到現實。

然而，轉個念想，或許繼續留在這裡也沒關係，至少我們已經和好如初，對我和他而言，這又何嘗不是一個理想世界呢？

一想到此，我的嘴角不禁上揚，迫不及待跳下床，連拖鞋也沒穿，便跑到窗邊，唰一聲，快速拉開窗簾。

本以為會看見他的身影，沒想到對面窗戶關得緊緊的，簾布也拉上，有點小失望。

我還以為他會比我早起，平時我只要早上一打開窗，就會發現他早已盥洗完畢並穿戴整齊地刻意坐在窗台上，確定我起床後才會下樓。

我的內心升起一股不安，就在此時，擱置在桌上的手機突然響起訊息通知聲，急忙拿起來一看，是樊勛！

我立刻點開對話視窗。

樊勛：早安，有沒有睡飽？

樊勛：待會7點15分見，我在巷口轉角處等妳。

樊勛：妳慢慢來就好，別急，我現在先在附近晃晃。

我本想直接回撥給他，但門口傳來急促的敲門聲，隨即媽媽的聲音隔著房門傳來：「玥蒔，起床了沒？」

我愣了愣，這時間點媽媽通常都還在房裡補眠，畢竟前一晚值班很晚才回家……啊，不對！這裡是遊戲世界，而虛擬媽媽的設定是變得很有錢，所以早起應該是理所當然的……是嗎？

擔心昨晚的事她還沒氣消，我嚥了嚥口水，才慢慢走過去開門，「我已經起床了，媽有什麼事嗎？」

「沒啦，只是想親自叫我的寶貝女兒起床，提醒妳整理好之後記得下樓吃早餐。」媽媽倚在門邊，笑盈盈地看著我，還順手幫我把頭髮翹起來的地方撫順。

「好、好！」我有點受寵若驚，自搬來這裡以來，我們一起吃早餐的次數少得可憐。平日我的早餐都是在巷口或是學校福利社解決。

快速刷牙洗臉，換上制服後，我便拎著書包匆忙下樓，走近餐桌一看，天哪，這頓早餐豐盛的程度，簡直媲美高級餐廳等級！

「這……這是怎麼回事？早餐有必要吃這麼好嗎？份量還真多……」我驚呆了，手一鬆，書包不小心落在地上。

「呵呵，我特地請米其林認證的廚師煮給妳吃，」媽媽連忙上前替我撿起，還幫我拉開椅子，輕推我的背催促道：「還發什麼呆？快坐下，菜都快涼了！」

我腦海中瞬間閃過車鉉封曾說，會讓玩家享有VIP待遇，指的該不會就是這些吧？

我很想打電話叫樊勛回來吃，但一方面害怕媽媽見著他又會大發雷霆，另一方面又擔心這顯得我很大驚小怪。畢竟他在現實生活是有錢人的兒子，什麼山珍海味沒吃過？況且眼前的佳餚，也許其實只是一堆虛擬像素。基於此，我只好打消此念頭。

抱持著好奇心，我拿起盤子裡一塊現烤的奶油麵包試試看。

沒想到，才剛咬下一口，濃郁的奶香味在口中蔓延綻放，令人難以置信的Q彈軟嫩，這真的是我這輩子吃過最美味的麵包！

除了麵包以外，那半熟的水煮蛋也完美到沒話說，香噴噴，口感綿密，超級好吃。

此外，奶油栗子濃湯嚐起來也滑順濃郁，一口接一口，我忍不住連喝了兩碗。

這是我有生以來，吃過最豪華的大餐。

因為太好吃了，且吃起來的感覺一點都不像在吃像素，怎能不和樊勛分享？

於是，我趁媽媽轉身不注意時，拿起飯盒裝填餐盤上還剩下很多的點心，打算上學時與他一起享用。

狼吞虎嚥地吃完早餐後，瞄了一眼手機，距離我和樊勛約好的時間雖然還有將近10來分，可是我已經等不及要出門了。

跟媽媽說聲再見後，我急急忙忙揹起書包，換上皮鞋，懷著期待又興奮的心情，推開家門往前方的巷口奔去。

「玥蒔！」樊勛一看見我，立刻收起手機，笑容滿面地朝我揮手。

放眼望去，街上只有我跟他而已，這個社區平時都很安靜，附近往來的行人不算多，偶爾才會出現零星幾位早起晨跑正準備回家的居民，或是一些騎著單車去上學的學生。

「你怎麼這麼早出門？」我加快腳步跑到他面前，仰著頭看他，好奇詢問：「剛剛跑去哪晃了？」

「睡不著，我昨晚幾乎沒睡。天一亮就到街上隨便走走，發現了驚人的事。」

「什麼事？」

「妳來。」

他牽起我的手，直直朝學校反方向的街道走去，誰料，剛踏上那條街走沒幾步，樊勛就及時停下腳步並用力拉住我，不讓我繼續往前進，以免迎頭撞上散發銀色光澤的透明牆面。

「這是……」我大吃一驚，伸出微微顫抖的手，輕觸牆面，光滑冰冷的觸感，令我一下子想起那間密室。

「很神奇吧？」他轉頭看我，並微笑地解釋道，「稍早出門前，我冒出了一個想法，想說這裡既然是遊戲世界，倒不如隨便去闖蕩，反正也沒人管得著，卻意外發現只有通往學校的路暢行無阻，其他地方哪也去不了。」

聽完，我頓時愣住，遲了幾秒才問：「那怎麼辦？難道我們永遠都只能待在這兩個地方？」

我的語氣難掩失望，儘管對逃離遊戲世界不再抱持期待，甚至開始覺得留下來也無所謂，但只要一想到未來會被困在家裡和學校之間，實在令人難以接受。

「那妳就錯了。」他把手疊放在我的手上，輕笑了一聲。

我的心跳猛地加速，「什、什麼意思？」

「我已經找到回家的方法了。」他的黑瞳閃現一絲狡黠，自信滿滿表示。

「咦！」

「首先，先拿出手機，檢查有沒有那個ＡＰＰ，然後只要卸載就行了。」

「就這麼簡單？」

瞠大雙眼，我懷著半信半疑的心態低頭滑開手機，果然很快在應用程式的一堆圖示裡，找到

《理想的戀愛世界Beta》ＡＰＰ的小圖示。

我的心情一下子振奮起來，激動地扭頭對他大叫：「還真的有耶！我怎麼沒想到？樊勛，你好聰明！」

「很好，接下來只要移除就行了。」他雙臂抱胸，聚精會神地等待我的下一步動作。

做了兩次深呼吸，我屏氣凝神，小心翼翼地將指尖移往小圖示的位置，壓住ＡＰＰ，畫面上方立即跳出「Ｘ移除」的選項，我和他興奮地對望一眼後，便直接將圖示拖曳到上面——

驀地，從手機螢幕中心迸出一道刺眼強光，緊接著，這道光線愈發拉長強烈，席捲而來的速度遠超乎我們的思緒。

手機跳脫了我的手心，逕自漂浮在半空中，從螢幕中央顯現出最初在庭園見到的那個黑洞，連高興也來不及，我的眼前驟然一黑，旋即失去了知覺——

2

「玥蒔！」

聽見熟悉的呼喚聲，我費力睜開雙眼，視線尚未完全聚焦，只感覺眼前的樊勛嗓音之中夾雜著雀躍。

沒幾秒，我終於清楚看見他的目光中閃爍著興奮光芒。

確認我意識恢復，他傾上前抱緊我，在我耳畔大喊：「我們重返現實了！」

「你、你確定？」我驚喜叫道，越過他的肩膀，我認出這裡是庭園，而我們正坐在長椅上。

「沒錯！」他開心地指了指四周景物：「看，我們本來在街上，轉眼之間就回到了這裡，而且現在是晚上，剛才那裡是白天。」

我抬頭望向那漆黑一片的天空，對能回到這世界滿懷感激。

此外，庭園裡的草坪燈已全數亮起，看來電力已正常供應。

「這也……這也未免太容易了！」我還是有點擔心，沒來由打了個哆嗦，「我有點怕這是在作夢！車鉉封不是說過，要完成任務才能離開遊戲嗎？」

他捏我的臉，俏皮地問：「會痛嗎？」

「不痛才怪！」我故作生氣地撥開他的手。

他收手，嘴角抿起淺淺的迷人弧度：「都見到黑洞和白光了，肯定不是夢，我猜那款遊戲是Beta版本，所以才會這麼容易破解。」

說的也是，他一說我才想起，ＡＰＰ有特別註明是Beta測試版，我似乎上次聽裴歆妍提過，遊戲的測試服通常都會有漏洞或是bug，所以才需要募集玩家去免費體驗試玩，協助遊戲公司改善程式碼。

在我思考的同時，樊勛忽然鬆開懷抱，走到長椅對面的三色堇花槽前，替我撿起遺落在地的手機，並走回我身邊坐下，將手機遞到我的手心。

我提心吊膽地點開手機，螢幕亮起的那一瞬間，雙唇顫抖，激動的眼淚在眼眶直打轉，呼吸變得急促，上面顯示的日期為——2月14日。

淚水不受控制地落下，一句話也說不出來，只能轉頭望向身旁的樊勛，他也同樣凝視著我，笑得好燦爛，不時伸手替我抹拭眼淚。

沉默了片刻，我這才哽咽著說：「我本來……本來還以為我們回不來了。」

這場驚魂記，就算只有短短一天，必將成為我畢生難忘的回憶之一。

他溫柔地望著我，聲音略顯低啞，「玥蒔，請妳務必延續昨晚在遊戲世界裡的承諾，在現實生活中也要勇敢跟我在一起，好嗎？」

我想也不想就回答，「嗯、嗯！我答應你！」

聞言，樊勛感動得眼眶泛紅，霍地，伸手一攬讓我靠在他的懷裡，即俯首吻上我的唇，我臉紅心跳地閉上雙眼，順應心意回吻他。

3

翌日清晨，延續前一天，我起了個大早，忐忑不安地撈起床邊的手機，一看，發現日期是2月15日，心中的大石頭終於放下。

稍微賴床幾分鐘後，我慢慢走到窗邊，拉開簾布往對面房間望去，本以為這次應該會看見樊勛坐在窗台上，沒想到他人並不在那，窗戶也和遊戲世界裡一樣緊閉著。

「奇怪，又跑去哪了？」我低喃，好奇地拿起手機，想知道他有沒有傳訊息給我。

但什麼也沒有，對話框仍停留在上次的那則訊息。

刷牙洗臉完畢，我穿好制服，揹起書包慢慢走下樓。

只見樊勛剛走進客廳，頭髮稍顯凌亂，但身上已換上熨燙過的制服，頭低低的，似乎正在思考著什麼事。

「樊勛？」我出聲喚他。

他嚇了一跳，轉過頭看我，顯然這時才注意到我，遲疑幾秒才說：「……早。」

「你怎麼了？」

「沒有，只是……」

「只是什麼？」

「妳應該……」他濃密的長睫微斂，眸光停留在我臉上閃爍不定，靜默半晌後終於接下去說：「妳應該沒有忘記昨晚的承諾吧？」

承諾？啊，他指的是要在一起的事嗎？我的心跳瞬間漏了一拍。

「當、當然沒有。」我說得有點言不由衷。

不知怎麼搞的，從這一刻起，我不由自主地擔憂起這件事，不確定自己是否真有勇氣在眾人面前表態。

畢竟這裡是真實世界，存在著太多閒雜人等的視線，我深知那些目光絕對不可能純粹是友善的。

「那就好。」他似是沒留意到我的遲疑，很快就伸手執起我的手說，「那我們去上學吧，走。」

沿路上，樊勛都緊牽著我的手不放，走進校門口後，人群愈來愈多時，我感覺一道道視線像射箭般刺刺地打在我的背上，我的頭低得不能再低了，手心直冒汗，心跳得很急，終於忍不住把手從他的手裡抽出來。

「對、對不起！我的手……」我小小聲地說，還刻意加快腳步，成了小跑步。

「我不介意。」他邁開筆直長腿一下子就追上我了，又再一次想要握住我的手。

我索性兩手抓緊書包背帶，東張西望，囁嚅著說：「大家……大家都在看。」

「那又怎樣？就是故意要讓他們看！」

他單手攬住我的肩，強迫我和他走在一起，明知上學時段行經穿堂的人潮最多，他的速度還故意放慢不少，顯然想引起其他人的側目。

隨著周遭人們交頭接耳的窸窣聲愈來愈明顯，眾多含意不明的視線接連不斷投射過來，我感覺通往教室的路途驀然變得好遙遠，腦袋嗡嗡作響，整顆心七上八下。

我想掙脫箝制，他握緊我肩頭的力道卻收得更緊。

無奈的是，他不走離教室最近的側邊樓梯，偏偏挑了最擁擠的穿堂大廳樓梯，上下樓的學生都因此停下腳步，頻頻朝此方向瞄過來。

「待會，我要在全班面前宣布。」他直視前方，一步步將我帶上樓。

「宣、宣布？」我睜大雙眼，「宣布什麼？」

「妳和我交往的事。」

我錯愕不已地跟著他走上通往教室的走廊，心亂如麻。

這裡不是遊戲世界，何況才過了一天而已，我還沒做好完全的準備，怎麼辦……

抵達教室門口後，他深吸了一口氣，終於停下腳步看著我說：「這一刻對我來說，很重要，我已經等了兩年。對妳來說，一定也是如此。」

「嗯……只是……」我緊咬下唇，試著低聲央求：「我們可不可以先低調一點交往？我不想那麼快……」

他的目光一沉，倏地放開我，以充滿質疑的口吻問：「那妳想拖到什麼時候公開？跟我交往是見不得人的事嗎？」

「不是！當然不是！」我猛搖頭，焦急否認。

「那妳還在猶豫什麼？為了我，昂首闊步，抬頭挺胸，好嗎？」

「嗯……」

停頓半晌後，他輕拍我的背，語調轉為柔和：「別怕，有我在，我不會讓別人欺負妳的，更何況妳在班上也有很好的朋友，不會是孤軍奮鬥。」

話是這麼說沒錯，但重點在於，別人會怎麼想？論整體條件，我跟他並不般配啊。

我們一進教室，原本站在班級公佈欄前閒聊的裘歆妍立馬衝上前，開心地勾住我的手說：「欸！早安，玥蒔和樊勛！好難得呀，你們兩個居然會一起來上學耶！」

「早，裘歆妍，妳來得正好，」樊勛搶先開口：「玥蒔有話要跟妳說。」

「嘿嘿，你還叫她玥蒔呀？哇哦，好閃唷！我還沒備好墨鏡耶！」裘歆妍朝他擠眉弄眼，又很快地轉而注視我，臉上堆滿好奇的表情，用手肘推了推我：「欸，到底有什麼話要說？難不成你們兩個……欸嘿嘿！」

她故意不把話說完，等著我接下去回答。

我面紅耳赤看著她，握緊雙拳，吞吞吐吐地開口，「歆、歆妍，那個，我和他——」

正當此時，四周同時響起手機的訊息通知聲，叮咚聲響個不停，打岔了我想說的話。

而裘歆妍的注意力也被鈴聲吸引過去了，她低下頭滑開手機，一手驚訝掩嘴，卻難以抑制尖叫聲：「天——呀！我的媽呀！你和她！你們開始交往了？」

「交、交往……嗯……」我結結巴巴想回答，不到一秒，話卻從嘴裡吞了回去，因為我忽然覺得很疑惑，照理來說，這件事情目前應該只有我和樊勛知情，莫非剛才沿路有人拍下我們的照片，上傳到網路，等於間接替我們公開？

是……是這樣嗎？

我狐疑地轉頭望向身旁的樊勛，發現他也正低下頭在看手機，指尖不停滑動螢幕，原本噙著笑意的嘴角猝然往下垮。

為什麼他看起來很不開心？方才他不是希望交往的消息被傳開嗎？怎麼還會不開心呢？

他……他後悔了嗎？

我和他站起一起，也許看起來很不相襯吧……

不一會，埋首於手機的同學們紛紛抬起頭，一邊瞄向這邊，一邊發出此起彼落的竊竊私語。窸窸窣窣的，我聽不清楚同學在講什麼，只覺得他們看我的眼神變得很怪。

好奇心使然下，我也跟著滑開手機，顫抖著手，點進學校群組的聊天室，裡面出現一堆人的即時對話內容和貼圖。

「他們真的開始正式交、往、了！」

「有圖為證，這下誰都沒話說。」

「哇，勁爆！一早就有大新聞，以下開放崩潰！」

諸如此類。

這些，並不算奇怪，更奇怪的在後頭——

「幹嘛大驚小怪？金綾娜昨天早就在群組公開說自己初吻獻給樊勛了！那時就該猜到啦！」

「男方口風真緊，昨天放學問他時，什麼也沒說。」

「不會吧，我還以為樊勛喜歡的是別人，搞曖昧那麼久，沒想到還是選了校花！」

「對啊，他之前都跟他們班隔壁桌的女生搞曖昧，剛剛兩人還一起來上學，走得好近，我還以為他是跟那女的在一起！」

「那女的聽說叫做申玥蒔，好像是他的青梅竹馬。」

「好慘，我們班的玥蒔被玩弄了，真可憐……心疼。」

「身為青梅竹馬，那女的一定也知道樊勛和校花交往了，今天卻還繼續搞曖昧，陪著一起來上學，不曉得安什麼心眼？」

「金綾娜和樊勛好配喔！支持，支持！」

讀到這裡，我的手抖得快握不住手機了，但依然咬緊牙根，勉強往前滑動頁面，只為了搞清楚為何事情會演變成這樣——

終於，滑到了群組在今天的第一則訊息，是金綾娜發的。

她寫道：「各位，我和樊勛今天正式交往囉，祝福我們吧！」

不僅如此，她竟然還附了一張圖，是她和樊勛在樓梯間接吻的照片。

拍攝的角度很專業，不管是肢體動作或是眼神流露都很到位，營造出他們親吻時是浸沐在兩廂情願的浪漫氣氛下。

要不是曾經看過裴歆妍拍的影片，我一定會誤認樊勛是主動索吻的那方，且吻得很深情。

這時，班上和樊勛交情好的男生直接跑過來湊熱鬧，繞在他身邊不停發出鼓譟聲。

「樊勛，真有你的，恭喜啊！」

「羨慕死你啦！」

「靠，害我失戀了，她可是我的最佳理想型女友耶！」

樊勛不耐煩，他擰眉開口：「別鬧了，聽我解釋——」

「唷，女主角登場了！」倏地，有人冷不防揚起一聲大吼，指著外頭一抹正從走廊另一端晃過來的纖瘦身影。

我怔忡一瞬，不自禁往後退開，不敢像樊勛那樣立在人群的中心點。

不只是教室內的同學議論紛紛，連外面的走廊也不知何時早已聚集人群，隔壁班不少同學如潮水般湧入教室，不間斷地發出陣陣高分貝的騷動聲，音量之大幾乎要掀起天花板。

「樊勛！」

伴隨一道甜美嗓音，只見金綾娜以連跑帶跳的輕盈步伐奔上前來，趁樊勛還沒來得及阻止前，便親暱地挽住他的手，小鳥依人般地緊緊依偎在他身邊。

她被譽為最美校花果真名不虛傳，明亮水靈的大眼，白皙無瑕的肌膚，長髮又柔又亮，和樊勛站在一起很般配，兩人宛若愛情童話裡的王子和公主。

「妳、妳這是在幹嘛？」

樊勛想推開她，但她牢牢抓著他的手臂不肯放，還嬌嗲地對他撒嬌：「都已經交往了，當然要盡全力放閃呀！」

他一邊甩手想擺脫她，一邊冷冷地駁斥：「別開玩笑，我沒跟妳交往。」

「誰跟你開玩笑呀，我很認真呢，我們都接吻了，你要對我負責到底！」金綾娜又黏上前去。

「那不是我主動吻的，是妳自己硬要親的。」樊勛翻了翻白眼，面露困擾。

她睜大那雙深邃漂亮的精緻眼眸，一手按住胸口，擺出一副很受傷的脆弱姿態：「誰主動很重要嗎？假如不喜歡，為什麼還要讓我親？」

「妳要逼我當眾說出實話嗎？」

「實話就是你喜歡我！」

「我有喜歡的人了，我上次也很明確拒絕過妳，這些妳都知道，還故意要親我。」樊勛目光冷冽，說得斬釘截鐵，顯然沒說謊。

金綾娜依舊緊咬著接吻的事不放：「既然有喜歡的人，為什麼還給親？那樣不是很矛盾嗎？再說，那可是我的初吻耶！你把我的初吻看得如此隨便喔？」

「初吻？妳上次明明親口告訴我，那不是妳的初吻，要我別介意，妳說吻我只是為了利用我來刺激妳的前男友。」

「我從沒說過，你聽錯了！」她矢口否認，高高舉起手機，秀出他們兩人接吻的照片，「親都親了，有照片為證，還狡辯什麼？」

頓時，樊勛啞口無言，一時之間不知該如何回答才好。

「喂，他這是在玩弄綾娜的感情嗎？」我聽見一旁有圍觀者為金綾娜叫屈。

另一名女生也跟著發起牢騷：「嘖，假如不喜歡還放任給對方親，真的很渣……樊勛該不會真是劈腿吧？」

「呃，他沒跟別人交往，根本不算劈腿呀！」有人插話。

「可是金綾娜也沒說錯啊，不管是不是要幫她刺激前男友，接吻是事實，都有照片為證了……」

「老天，照她的神邏輯，獻吻一次就強迫對方要交往，不也很奇怪？」

「嘿，這兩人乾脆湊一對，也沒差啊，反正都單身，而且外型超登對！」

在場不少人以事不關己的態度，你一言，我一語，觀點都不一致。

樊勛神色惱怒，突然豁出去似地朝金綾娜咆哮：「我幹嘛狡辯？不如我現在光明正大承認好了！其實我讓妳吻也是為了刺激某人，行了嗎？這件事，我們就此扯平！」

「刺激某人？是誰？你想刺激誰？」她咄咄逼問，不友善的視線很快掃過全場，最後竟不偏不倚定在我臉上，接著她以明知故問的輕蔑語調大叫：「我倒要看看有誰比得過我，自己站出來承認，別讓樊勛一個人唱獨角戲呀！」

倏地，順著她的視線，眾人的目光一下子全聚焦在我身上。

全場鴉雀無聲，每個人似是都在等我開口。

金綾娜努起嘴，上下打量我，我彷彿能聽見她的心聲：也不照照鏡子，妳根本配不上他！

實際上，她什麼都沒說。

她和其他人一樣，只是不發一語地瞅著我，等待我答話。

現場死寂的氣氛令我感覺既熟悉又恐懼……宛若重回了國三那段不堪的歲月。

對我來說，金綾娜的臉彷彿和閻璃的形象疊合在一起了……

我驚慌不已地低下頭，摀住雙耳，腦袋一片恍惚，胸口霎時充填一股快喘不過氣來的沉重壓迫感，渾身直冒冷汗——

就在此刻，眾目睽睽之下，樊勛奮力推開擋在他身旁的所有人，一把抓住我的手，硬是擠出壅塞的人群，強硬拖著我走出教室外，直到走廊盡頭沒人的地方才終於停下來。

我還來不及抬頭看他，就被他扣住肩膀用力往牆角一推，根本無路可逃。

他單手抵在牆面，低頭俯視我，目光變得陰鬱，語氣難掩失望地問：「玥蒔，當眾承認喜歡我，是一件很困難的事嗎？」

我一手壓著另一隻抖動的手，很艱難地回答：「對、對不起……」

「為什麼要道歉？妳覺得自己做錯什麼？」他挑眉，眼底閃過一絲困惑。

「因為……」

「妳明明答應過我，說妳會為了我勇敢！」

「只……只過了一天而已，求求你，再給我幾天的時間……」我噙著淚，顫聲哀求著。

他微怔了一下，原本按在牆上的手慢慢滑下，踉蹌地後退兩步，忽然自顧自喃唸道：「我該不會從頭到尾都誤解妳了？」

「什、什麼意思？」我滿是錯愕。

「我是說，妳該不會不喜歡我吧？所以才不敢公開承認！」他眸色深沉地凝望我，似乎想從我臉上的表情找出蛛絲馬跡。

我慌忙搖頭：「不是！你誤會了！我喜歡你！我真的很喜歡你！」

「那為什麼還要再等幾天？趁著大家都在，順勢承認不好嗎？我實在想不透！」

「我需要時間……」

「又來了，都兩年了，還要拖多久？妳為什麼不能像她一樣坦率？她至少懂得掙扎，也不怕被笑！」

聽到這些話，心口一陣酸澀，淚水在眼眶打轉，我不由得埋怨道：「你……你怎麼又拿她跟我比較？」

「因為妳每次都說不聽，真的很煩！」

「既然……既然這麼喜歡她，那你去跟她交往算了！」一時氣不過，我說出了違心之論。

「該死，妳再重說一遍！」他不敢置信地瞪大眼睛，愈來愈火大，煩躁地攥拳捶打身旁的牆壁，我從沒看過他這麼抓狂的模樣，「妳瘋了不成？我喜歡她？剛才我當著大家的面，說得那麼明白！為了妳，我不怕得罪任何人，而妳，卻連一句話也沒聽進去？」

我很想就此打住，但卻克制不住自卑和委屈的崩潰情緒：「這已經是你第二次拿我跟她相比了，我很有自知之明，我很清楚自己比不上她！」

「對，就坦率這點，妳的確比不上她，妳應該學著點！」他失控大吼。

「所以我才說，你倒不如去跟她交往算了！」我的心在淌血，卻仍不甘示弱地回嘴。

靜默片刻，他眼眶微泛紅，眸底浮現極苦澀的哀傷，淡淡一笑地賭氣說，「很好，申玥蒔，就衝著妳這句話，我這就去跟她交往，高興了吧？」

語畢，他轉身拋下我，頭也不回地直接朝教室的方向走去。

4

我晚了約十分鐘才進教室。

本以為老師早該來了，沒想到全班吵吵鬧鬧，班長正好走到講台前宣布：「班導臨時有事，在她回來之前，要我們先自習。」

為了掩飾哭過的痕跡，我已先去廁所用冷水洗過臉，但雙眼仍紅腫刺痛，當我低頭快步走向座位時，班上同學一度變得很安靜，直到我坐下來後，他們才又恢復交談。

激動的情緒尚未完全平復，我的雙手仍止不住地微微發抖，只能收在桌底下，揪緊裙襬，在內心反覆說服自己別再回想剛才發生的事。

然而，這是不可能的。

樊勛就坐在我隔壁，就算我不想，眼角仍會不由自主瞄向他。

他正低頭看書，臉色依然蒼白如紙，如蝶羽般的長睫毛微斂，優美的陰影落在眼瞼下方，那俊秀臉龐看似平靜無波，事實上，胡亂翻頁的動作卻洩漏了他的心煩意亂。

我忽然瞥見他的手指關節滲著鮮血，書頁上也沾染了點點血跡，肯定是剛才重捶牆壁造成的傷痕，我再也按捺不住地轉頭對他低語：「去健康中心擦藥吧！萬一感染的話——」

「不用妳管！」他旁若無人地發出怒吼，連看也不看我一眼。

大家全被嚇了一大跳，視線不約而同投向我們。

教室裡瞬間靜默無聲，連筆滾落在地的聲音都聽得一清二楚。

我的雙眼再度噙滿淚水，試圖強忍，卻不慎發出壓抑的抽泣聲。

他突然使勁闔上書本，站起身來，邁出教室。

全班只安靜了幾秒，又開始吵鬧起來。

「欸，玥蒔！妳還好嗎？」

裴歆妍走到我的座位旁，彎下腰輕拍我的頭，眼神滿是關切。

我一時哽咽，無法回話。

見我沒答話，她似乎以為我不想在教室內談論此事，於是便握住我的手，把我從位子拉起，邊走邊越過幾張桌子高喊：「班長，我們要上廁所，去去就回！」

她經過自己座位時，還順手抓起一包抽取式面紙。

走出教室後，我本以為她會真的帶我去廁所，沒想到她走到教室側邊的樓梯口坐下，示意要我也跟著坐在她旁邊。

她一連抽了好幾張面紙塞進我手心，另一隻手也沒閒著，忙著擦拭我臉上的淚水。

我抽抽噎噎地望著她。

雖然在班上的好友不多，但能夠結交到像裴歆妍這麼知心的好朋友，是何其幸運啊。

一想到此，我的眼睛又再次濕潤，不停對她說：「歆妍，謝謝妳對我這麼好……」

「妳這傻瓜，跟我客套什麼呢？」她急忙又擦掉我的淚，搖晃我的肩膀催促，「快點告訴我，到底怎麼回事？妳和樊勛為什麼吵架？一早來不是還好好的嗎？」

「本來……本來是那樣，可是，我搞砸了。」我虛弱地回答，「我好恨我自己！他現在一定……一定也很討厭我！」

「唉唷，我的好玥蒔啊，傻女孩，他喜歡妳都來不及了，怎麼可能會討厭妳嘛？」

「妳剛才也看到他的反應了……」我沮喪地雙手環抱膝蓋，只要想到那一幕，就更加厭惡自己。

「是呀，超反常的——啊，對了，說到反常！」她想到什麼似地，拍了一下額頭，「剛才大家都以為樊勛回教室是要宣布你們交往的消息，哪知他居然改口說要跟金綾娜那女人交往，真是氣死人了！」

「喔……」我虛應了一聲，沒表示什麼，早該知道會有這樣的結局，而且還是我一手促成的，怪不了誰。

看到我對此無動於衷，裴歆妍杏眼圓睜，指著我大叫：「哇啊，我的媽，妳也超反常的！快說啦，妳和樊勛究竟發生什麼事了？」

於是，我把事情的經過娓娓道來，從一開始啟動《理想的戀愛世界》ＡＰＰ所出現的詭異現象、穿越至遊戲世界的不可思議歷程，一直到我與樊勛立下的約定，以及今天早自習時間的那場爭執，一字不漏地說給她聽。

敘說的過程中，我又忍不住落淚，等重新收拾好情緒，才又繼續說下去，而她從頭到尾都很有耐心地傾聽。

原以為她起碼會對那款ＡＰＰ感同身受，沒想到她一聽完卻搖頭嘆氣，一手按住我的肩，一手從口袋裡掏出手機，滑了幾下，便把螢幕拿到我眼前說：「我也有下載，可是也沒發生妳說的那種事。」

在裴歆妍的手機裡，那只是一款普通到不能再普通的戀愛手遊，與我所經歷的虛擬世界場景大相逕庭。

「妳確定……這不是妳之前玩的《理想戀人》嗎？」我小心翼翼地問。

「喂！我玩的那款和這款的畫風截然不同，哪有可能搞混？」她沒好氣地瞪我一眼，「倒是妳，妳剛才描述的那種像哈利波特一樣的魔法世界，才是錯得離譜吧？什麼強光？黑洞的？石化術？討厭啦，害我起雞皮疙瘩了啦！」

「不信的話，妳可以問樊勛。」我哭喪著臉說。

「申玥蒔！妳給我振作點！就算失戀，也不能隨便瞎掰啥穿越到外太空！」

「我又沒說是外太空……」

「有！妳有！妳有說黑洞！只有外太空有黑洞！」

「對了，說到外太空，我想起來了，情人節……現實世界的話，啊，是在昨天晚上。歆妍，昨晚有發生停電，妳還記得吧？」

「停電？」她歪著頭，摸摸下巴，思索了好久才回答，「昨晚？沒有啊！」

「會不會只有我住的社區才有發生停電？」我自言自語。

「停電和遊戲有啥關聯？」

「是沒什麼關係，只是……我總有一種奇怪的直覺，覺得這一切是太陽黑子或是什麼閃焰引起的。那時候我正好在看一個節目提到最近——」

「申玥蒔！我再重說一次！拜託妳振作點，老天啊，妳病得不輕，妳受到的失戀打擊再大，也不可以胡言亂語！」

她拚命搖晃我的肩膀，直到我求饒後，才肯放手。

「總而言之，我們可以把重點回歸現實嗎？」她問。

「嗯……」我勉強應聲。

我說的明明就是現實中的事。即使嚴格說起來，是發生在遊戲世界裡，但卻是真實體驗，她卻以為我只是瘋言瘋語。

輕咳一聲後，她突然一本正經地說：「事實上，我想跟妳說一件重要的事。」

「什、什麼事？」我疑惑地問。

「雖然在妳失戀最難過的時候，說這種話不太好，但妳也知道，良藥苦口，就是要趁熱吃才好，我這番話，等於是一帖良藥。」

我愈聽愈糊塗了：「歆妍，妳到底想說什麼？」

「從高一入學到現在，我一直看著妳和樊勛之間僅止於曖昧的關係，看得很煎熬，妳知道嗎？即便偶爾會給個建議希望妳去喜歡其他人，但是，我內心深處依舊期盼妳和他能有情人終成眷屬。這點妳很清楚，所以昨天我才會擅自幫妳去偷拍表白現場啊！」

「嗯……」

「今天好不容易有進展，哪知道又突然冒出個踐裡踐氣的程咬金。我實在看不下去了！」她說的程咬金，無疑指的就是金綾娜。

「對不起……」我握緊拳頭，深感自責，認為自己不僅讓樊勛失望，也讓裘歆妍失望了。

「其實從外表來看，妳也長得很可愛呀。終歸一句，妳就是對自己太沒自信了。」她一邊嘆氣，一邊輕捏我的臉頰，「這都是題外話啦，反正樊勛又不是那種會在意外表的人。」

我漲紅臉，撫住胸口，「他確實不會以貌取人。」

從國中至今，金綾娜也不是唯一一個向他表白過的校花，但他卻把所有的溫柔都留給了我。

「我強調過很多次，全班都看得出來他是真心喜歡妳。那時樊勛帶妳離開教室後，包括我，我們班有些人甚至看不下去，還為了你們的事，難得跳出來與金綾娜她們班的人馬起爭執，差點打起來。哪知道樊勛回來後，馬上宣布跌破大家眼鏡的事！」裴歆妍捶胸頓足，說得一臉憤慨，「一聽到他同意交往，那女人氣焰就更高了，我們一夥人通通只能乖乖閉上嘴巴，乾瞪眼，愛莫能助！」

我驚訝地瞪大雙眼，完全沒料到除了裴歆妍，班上同學竟也會為我挺身而出。

只能說，我終究辜負了他們的期待，顧慮太多，也無法放下那段慘痛回憶，以至於誤會所有人的眼神都帶著惡意，其實並不盡然如此……

眼淚一滴一滴落下，我的心如刀割般絞痛。懊悔不已。懊悔自己錯失了勇於面對的機會。懊悔因一時氣憤，而對樊勛脫口而出的那些殘忍的話。

從頭到尾，都是我，把自己封閉在暗不見天日的地窖。

我的夢魘，全是我自己一手釀成。

「說了這麼多廢話，都把話題扯遠了。總而言之，我想說的是，當事人不主動積極點，旁人再怎麼乾著急也沒用，誰也幫不了妳。」半晌，她瞟了我一眼，慎重其事地加重語氣：「藉由這次的教訓，我要鄭重宣示，為了妳的愛情著想，我不會再支持妳繼續喜歡樊勛了！」

對我而言，她前一分鐘的那席話算是當頭棒喝，而如今，這番話則是……晴天霹靂。當我正想重振旗鼓，身為盟友的她卻打算撤軍。

「我以前也都和樊勛的想法一致，覺得你們倆是天生一對，命中注定得在一起。可是，這回看到你們如此痛苦的樣子……唉，實在很可憐，一個發狂，一個發瘋。」

說著說著，她站起身來，拍拍裙子上的灰塵，接著用力拉起還僵坐在原地的我，振振有詞地要我打退堂鼓：「妳必須去愛別人！他不適合妳，正確來說，你們不適合彼此，妳適合更好的！找個能夠真正讓妳快樂的男人去愛吧！例如，昨天在街上偶遇的那位小哥哥呀，叫什麼車鉉什麼來著的。怪了，他長那麼可愛，居然被妳形容得像是遊戲的反派大BOSS！怎樣？妳有他的名片，打電話給他嘛！」

5

我兩眼渙散地跟著她一起走回教室。

很幸運的，老師還沒進教室，所以同學們仍嘰嘰喳喳聊得忘我。

至於鄰座的樊勛，他已經回位子上了，正托著下巴漫不經心地滑手機。

我控制不住好奇心，瞄向他手指的傷勢，發現血跡已洗淨，卻沒有上藥，更別說包紮。本來只是想稍微看個兩眼就收回視線，不料，他似乎感應到我的目光，下一秒竟與我四目交接。

驀地，我的呼吸差點中止，猶豫著下一步該如何是好。沒想到他只是淡淡掃了我一眼，便移開視線。

我感到心頭一緊，雖然習慣了他這些日子以來的溫柔以待，但實際上，這種淡漠清冷的眼神，對我而言並不全然陌生，他彷彿變回最初那位對誰都不屑一顧的孤傲少年。

唯一不同的是，我察覺這之中帶著濃濃的哀怨和不諒解。

很顯然，這次的情況很嚴重，畢竟我食言了……而在情非得已之下，他還得和自己不喜歡的女生交往，短時間之內，應該不可能氣消。

正當我努力攪動遲鈍的腦袋，思量該如何挽救時，教室走廊傳來班導的講話聲，很快的，她匆匆從前門走進教室，身旁還跟著一名高挑削瘦的男學生。

由於對方看起來很面熟，我的臉赫然慘白，恐懼感自腳底迅速往上竄升。

「同學們，注意一下，請看這邊！」

就在此時，班導敲了敲講桌，吸引全班的注意力後，她指著站在講台上的男學生說：「這是本學期新來的轉學生，我先請他把名字寫在黑板，待會再由他做個簡單的自我介紹。」

語落，轉學生向全班揮手致意，笑眼彎彎，頰邊還帶著兩朵靦腆的梨渦。

當他轉身拿起粉筆寫字時，班上立刻傳來對新同學的連連讚嘆聲。

「哇！這是轉學生啊？他好帥喔，上學又產生新動力了！」

「嘻嘻，太幸運了，雖然樊勛被追走了，卻來個逆天顏值的轉學生，這次要好好把握！」

我甚至聽見裴歆妍興奮大叫著：「喂，小哥哥！就說你跟我們同年嘛！還胡扯什麼五十億歲！」

後座的男同學則發出悶悶不樂的咕噥聲：「我們班女生有夠花癡，說不定他已經死會了。」

一時緊張指數狂飆到極點，以至於壓根兒忘記樊勛還在氣頭上，我下意識用力拉住他的衣袖，低嚷道：「快、快看，好可怕！他居然出現了！」

樊勛先是抬眼往講台的方向一瞥，隨後才轉頭過來。

他定定看著我，微瞇起眼，薄唇微啟。

從嘴型來看，我以為他要說「快逃走」之類的話，沒料到，他居然以低啞的氣音緩緩重複了一次：「快放手。」

接著，他從我手心抽回被揪住的襯衫布料，面無表情地別過臉去。

我瞬間覺得羞窘，彷彿被狠狠潑了冷水，原本焦躁恐懼的情緒全被他的冷冽無情澆熄，產生一種乾脆坐以待斃的絕望念頭。

我無心思考何以樊勛對車鉉封的現身毫不意外，反正，也沒什麼好在乎的了。

車鉉封又在台上做了自我介紹，因為心情太過消沉，我沒辦法集中思緒去聽他到底講了什麼。只知道當他一說完，班上同學爭先恐後想問他話，但班導表示礙於時間的關係，沒有辦法繼續耽誤上課，於是便開始商量座位的事。

「車鉉封，你坐那。」班導手指向靠窗的一個空位。

那位子附近立即響起如雷的歡呼聲，猶如偶像藝人即將親臨現場般熱鬧。

要是真以為車鉉封會乖乖聽從老師指示，那就大錯特錯了。

他毫不猶豫地朝我的方向走來，眼裡含笑。

在我眼中，那無非是不懷好意的……超理想奸詐笑容。

他想再一次陷害我們？

頓時，我心中的警鈴自動大響，心跳快如打鼓。

就算再怎麼想裝成不認識他，我仍無法控制地抬眼對他投射敵意，畢竟他曾在遊戲世界裡對我和樊勛威脅恐嚇加利誘。

真是瘋了，這隻狐狸是想幹嘛？

他又想使出石化的招數了嗎？

不，我在擔心什麼？這裡可是現實世界，他動不了我們的……

也許樊勛就是抱持著這樣的想法，所以才會對車鉉封的現身無動於衷。

一閃神之際，車鉉封已走到我座位前停下來，似是無辜地眨了眨眼，「老師？」

「車鉉封，有什麼問題嗎？」班導放下板擦，轉過身來。

「我要坐申玥蒔旁邊，」他直截了當提出要求，「我跟她很熟，她可以幫助我更快融入新環境。」

我咬牙，對他的恨意加劇。

這人真不是普通厚臉皮，根本是銅牆鐵壁，就像那款遊戲世界裡的牆壁一樣。

「呃，你們認識？」遲疑幾秒，班導撓撓臉，貌似覺得這是件棘手的事：「可是，她旁邊沒有空位。」

「請問有人要跟我換嗎？」車鉉封笑瞇瞇地問，眼神投向我身旁的樊勛。

這是在幹嘛？樊勛怎麼可能跟他換？

就在我這麼想的同時，只見樊勛拎起書包，站起身淡然應道：「換就換。」

「太棒了，謝謝你幫我製造相處的機會。」車鉉封滿意地拍了拍樊勛的肩頭，「欠你一次人情哦。」

這發展情勢快得超乎我預期。

樊勛臨走前，冷不防旋過身瞅向我，微擰眉，眼中一片冰冷：「妳連留住我的勇氣也沒有？

妳果然不喜歡我。」

四周掀起一片譁然。眾目睽睽。

胸口傳來強烈痛楚，即使揪緊拳頭，我卻只能啞著聲說：「我……我喜……」

我知道，這是他給我的最後一次機會。

只是，在眾人面前表達愛意，需要超理想的勇氣……且時間太緊迫了，我還沒有準備好。改變，真的不是一天兩天、輕而易舉就能達成的事……不是嗎？

更何況，他都已經跟金綾娜交往了，我若執意要他留下來，會不會顯得自己很無恥？

「算了。是我太苛求。」見我吞吞吐吐，他沒耐心聽完，直接轉身走人。

看著他的背影，悔恨的淚水，從我的臉頰滑落。

「呵呵，藉口好多。喜歡什麼就直說，不是更好嗎？」車鉉封一坐下，馬上用反諷式的口吻對我說：「適當的厚臉皮，也是愛情遊戲裡的一項攻略技能喔！」

6

下課後，班導臨走前還特別交代，要我記得找時間帶轉學生熟悉校園。

儘管我並不打算違背這項指示，但由於老師沒有設定期限，所以我打算暫時採取拖延戰術。

反正他現在也很忙。班上同學一窩蜂擠到他的座位旁，想要打探更多隱私。

裴歆妍一屁股搶先側坐在他的桌上，拿起手機近距離對準他的臉猛拍，我本以為她大概是想上傳到SNS賺追蹤與按讚數。誰知下一秒，我的手機響起震動聲，拿起來一瞧，發現裴歆妍連傳了好幾張他的特寫給我。

眼不見為淨，我不假思索將之刪除，偷偷白了她一記。

她吐舌，笑嘻嘻地比個讚。我猜她沒料到我已將照片全數秒刪。

「車鉉封，你有沒有女朋友呀？」一位留著妹妹頭的女生搶先發問，其他人則以眼神讚許她問出了在場所有人的心聲。

「嘿嘿，要老實招來哦！」裴歆妍也跟著說：「我希望沒有，因為你和某人超配的！她才剛失戀沒多久，需要有人來安慰她唷。」她刻意拉長尾音，若有所指地望向我，似乎真想亂點鴛鴦譜。

車鉉封嘴角揚起笑意，故意用賣關子的口吻說：「不瞞妳們說，我這次轉學來，就是為了找女朋友。」

「找女朋友？」

「說明白點嘛！是想找新的女朋友，還是找原來的女朋友？」另一位紮著馬尾的女學生急著問。

「我的女朋友就坐在這間教室裡。」他朝我咧嘴一笑，在我看來，卻是賊賊一笑。

剎那間，尖叫聲四起，「天哪！誰啊？誰是那個幸運兒？」

「好吧，既然大家都很好奇，那我就直接公布答案，那位幸運兒就是現在坐在我隔——」

我嚥了嚥口水，唯恐他胡言亂語，不作多想，趕緊隨便找了個藉口對他說：「你、你過來一下，我現在正好有空，我們……去參觀一下校園。」

一說完，我馬上後悔，因為這豈不等於製造我和他的獨處機會……不行，不行！

我本想把話收回，誰料他動作很快，毫不遲疑地站起身來，「好喔，我等不及了，來吧！難得妳這麼主動，我怎能放過？」

全場頓時爆出吃吃竊笑聲，我的臉紅到快冒煙了，痛恨自己說話不經大腦思考。

情急之下，為了避免獨處，我轉頭求助裴歆妍，「歆、歆妍，妳可不可以也一起來？」

裴歆妍笑得更樂，她掩嘴說：「嘿，不了，我不想當電燈泡！」

「求妳了！」

經過我苦苦懇求，外加緊抓她手臂不放的攻勢下，她終於勉為其難跟著我和車鉉封走出教室外。

才走沒幾步，迎面走來了樊勛和他的……新任女朋友金綾娜。

雖然沒資格吃醋，但我感覺胸口傳來陣陣刺痛，一股無法形容的酸澀湧上。

樊勛一瞥見我們三人，驀地止住步伐，同時還捉住金綾娜的手，要她停下來。

而偏偏走在我和裴歆妍中間的車鉉封，也跟著張開雙臂阻止我們前進。

這……這到底是想幹嘛？

在走廊中央停下來真的很突兀，我察覺四周人群像螞蟻嗅到甜食般聚集過來。

唯一慶幸的是，現在不是在遊戲世界裡，所以不會有人被定格。

他們若是真的大打出手，樊勛會打贏才對，畢竟他學過空手道，身手矯健。而車鉉封一臉秀氣斯文樣，左看右看，都是活該被打趴在地的料。

樊勛挑起一側的眉毛，一手揣在長褲口袋裡，另一手故意當著我的面摟住金綾娜的腰，挑釁地揚揚下巴問：「如妳所願，我和她交往了，滿意了嗎？」

我倒抽一口氣，原來比起怨恨車鉉封，他更怨恨的是我……怨恨到無法繼續冷戰下去。

有人說吃醋的感覺就像是痛到撕心裂肺，卻還要假裝無所謂，那真是再貼切不過的比喻。正是我現在的感受。我的報應。

以前，樊勛從不會跟其他女生搞曖昧，如今，他卻刻意高調放閃，無非是為了懲罰我的膽怯。然而，比起這些，此刻更令我害怕的是，萬一他真的愛上對方該怎麼辦？他會不會就這樣假戲真做，弄假成真，對金綾娜動了真心……

見我陷入沉默，車鉉封代我開口：「我很滿意哦，比起沒耐心的你，她寧可選擇我。」

樊勛面容冷峻，眸中掠過一絲悽楚，我想起稍早前他曾對我說過的話。他已經為我等了兩年。

現在還被說成沒耐心，這對他來說，太不公平了，實際上，該被苛責的人是我。

我感到自責，於是漲紅著臉說：「對、對不起，樊勛，是我的錯……」

他聽見我的道歉，反而自嘲地笑了笑：「不，錯的人是我。我不夠了解妳。」

我愕然。

「一直以來，我似乎都誤解妳了。」停頓片刻，他瞄了一眼我身旁的車鉉封，「我誤解妳喜歡過我，其實那都只是我的一廂情願。不然為什麼我一放棄妳，妳馬上就跟轉學生在走廊上公然放閃，還真愜意，也不害臊？」

「事情不是你想的那樣！」臉上一陣燥熱，感到十分丟臉，他居然那樣看待我？

「欸，樊勛，我不得不說句公道話，這不是在放閃！是老師要玥蒔帶轉學生到處走走，認識校園！要是他們真想放閃，怎麼還會帶上我這枚電燈泡？」裴歆妍急忙插話，揮舞著雙手來否定他的說法，「說到害臊，玥蒔根本就不喜歡他，跟不喜歡的人在一起，基本上無感，也不會太胡思亂想！只有跟喜歡的人在一起才會害臊好嗎？」

樊勛不理會她，一句話也沒聽進去，仍定睛注視我，語帶埋怨，「仔細想一想，妳當初下載那款遊戲都是為了他吧？」

「你、你在胡說什麼？才不是！」

「那款遊戲是戀愛遊戲。妳明明可以選擇在現實世界和我戀愛，妳卻……」他說得有點難堪，雙耳泛紅，「妳卻選擇了，他的世界。更過分的是，還曾經想把我逐出去。」

字面上來說，這全是事實，卻又不是事實。

「沒有！那是因為……」我腦袋一片空白，以至於一時之間不知如何澄清。

他制止我說下去：「別說了，妳放心，從今以後，我會跟金綾娜好好交往，把心思放在她身上。時間一久，我相信我會愛上她的。畢竟她很坦率，這點是妳望塵莫及的，膽小鬼。」

金綾娜點頭，不發一語地把頭枕靠在他的肩上，我的心被狠狠掐緊，嫉妒的淚水在我的眼眶中打轉。

見狀，她的唇角勾起一抹得意的笑，好整以暇地欣賞起我的痛苦表情。

我的雙唇顫抖，覺得心痛又無地自容，「望塵莫及？膽小鬼？樊勛，你……你說話可不可以別那麼傷人？」

「有何不可？就坦率這點，妳是真的比不過她啊。」

「那……那好，那我也可以說，與其跟你一起待在成天比較來、比較去的現實世界，我還倒不如待在車鉉封的理想世界！」

他一愣，「妳說什麼？我沒聽錯吧？妳寧可待在他該死的爛世界，也不願意跟我一起勇敢面對現實？」

為了激怒他，我忍不住逞強大嚷：「待在他的世界還比較自在，就不必一天到晚擔心別人取笑我配不上你了！」

他瞠大雙眼，氣到渾身發抖，沉默一瞬，竟拿出我之前說過的話來堵我：「既然這麼喜歡他的世界，那妳去跟他交往算了！」

淚水瞬間模糊了我的視線，我感受到他強烈的憤恨，卻看不清他臉上究竟是什麼表情。

在被激怒的情況下，為了維護身上僅有的一絲自尊，我不受控制地把他的話原封不動奉還回去：「好……我會跟他交往的，我會把心思放在他身上，時間一久，我相信我會愛上他……」

第五章

愛情也許會不請自來，
但幸福不會

1

自從那天在走廊上發生爭執後，我和樊勛已經一星期沒有說話了。連續好幾晚，我都徹夜難眠。只要一想起他，總會忍不住埋進棉被裡放聲痛哭。然而，不管失戀再怎麼難受，似乎遠不及兩年前那晚所承受的傷痛。

為此，我產生了迷惘，我對他的愛，到底是什麼？倘若是真愛，那為什麼當他離去後，我反而感覺一股莫名的解脫。

另一方面，我也想不透何以我和車鉉封在一起時會感到比較自在，不太在意旁人目光。

中午，剛進學校餐廳用餐沒多久，裴歆妍便藉故有事要離席，「不好意思，社長傳訊要我提早去社辦幫忙，兩位先吃唷！」

「是妳邀我們來的，妳怎麼可以先走？」我放下湯匙，抬起頭抱怨。

「唉唷，沒辦法啊，社團比較重要！」她掩嘴偷笑，靠攏椅子後，快步閃人。

我當然知道裴歆妍在打什麼算盤，她是想增加我和車鉉封獨處的時間，就算我多次抗議，她仍照做不誤，還再三告誡我，要忘掉樊勛，就得用新戀情去覆蓋情傷。

即使如此，我本來還是想與車鉉封保持一定的距離，但由於上週當眾賭氣說要嘗試跟他交往，因此，為了證明自己的決心不假，我不得不和樊勛一樣各自為新戀情努力。

問題是，我辦得到嗎？

「多吃點！」見我陷入恍神狀態，身旁的車鉉封擅自夾起一塊炸雞到我餐盤。

我怒瞪他，邊罵邊將炸雞塊丟回他碗裡，「你很討厭耶，自己留著吃就——」

「不用，我沒吃也沒關係。」他笑了笑，未經允許便把雞塊投入我張大的嘴裡，我根本來不及阻止。

我皺起眉頭，咀嚼的同時，不經意往他的餐盤瞄去，發現他盛的飯菜其實很少，且幾乎有一口沒一口的吃，只顧著專注盯著我。

「奇怪，你吃這麼少，不餓嗎？下午還有體育課呢，萬一餓昏怎麼辦？」我也模仿他，舀起湯裡的排骨放進他的碗內。

「不吃也無妨，反正我餓不死。」他燦笑，排骨又夾還給我，「妳要多吃點，才會多長點肉。」

「……你在減肥嗎？」我滿臉無奈瞄向他，瞧那修長削瘦的體格，絲毫不亞於伸展台上的男模。

「我不需要減肥，天生就有一副理想的好身材。」他大言不慚自誇道，還故意把袖子往上捲秀出肌肉。

聽到理想一詞，我心裡就有氣。這幾天，只要我提起那款《理想的戀愛世界》APP，車鉉封要不就是裝失憶，要不就是閃爍其詞，一律以「不知道」、「不清楚」、「忘了」等字眼含糊帶過。裴歆妍則認定我這是罹患所謂「失戀引發的間歇性精神錯亂症」，吵著要帶我去看醫生。

顯然，全世界唯一能夠理解我的人，只剩下樊勛，只不過，他現在似乎連理都不想理我，更別說會靜下心來與我一同解開車鉉封身上的謎團。

當我再度陷入發呆的狀態時，車鉉封忽然把臉貼近我，溫熱氣息輕拂我耳畔，他以曖昧的口吻說：「對了，週末我們來約會吧！」

喝湯喝到一半，我嚇得差點噎著，猛烈地咳嗽起來。

「太興奮了嗎？」他幫忙拍我的背，笑著揶揄：「妳想到什麼刺激畫面？」

「什、什麼跟什麼？你這個死變──」

側過身伸手想打他，眼角餘光瞥見一道頎長身影走近這張四人座餐桌，我另一隻手因驚慌猛地一顫，不小心翻倒桌上二分之一滿的番茄排骨濃湯。

微溫的湯汁順著桌沿往下滴，車鉉封遞上幾張餐巾紙給我，還起身陪我一起擦桌子，幸好地板沒事，可我的裙子卻遭殃了，滿滿都是番茄濃湯的湯漬。

這副狼狽模樣，引起一聲嗤笑，「樊勛，我們別坐這啦，這桌好髒！」

金綾娜拉拉樊勛的衣角，想另覓其他座位。

「餐廳都滿了，只有這邊有空位。」樊勛已放下餐盤，替她拉開椅子，態度強硬，她只好恭敬不如從命地坐下。

隨即他坐到我對面，雙眼驟然一瞇，冷著眸光瞅我，我的心狠狠悸動了一下。

一見到他們兩人相偕來吃飯，還要直接在我面前上演甜蜜情侶戲碼，我覺得有些難受，整顆心更加揪緊。

忽然間，我覺得膝蓋暖暖的，低頭一看，一件制服外套覆蓋在我的大腿上。車鉉封不知何時已繞到我的椅背後，貼心地幫我把他的外套綁在腰際，遮掩住沾染濃湯的裙子。

「謝、謝謝……」我受寵若驚。

「沒什麼，」車鉉封坐回位子上，微笑著說，「妳果然想歪了。」

「啊？」他居然還想延續剛才的話題，我一尷尬，臉也跟著熱起來，急忙搖手反駁：「才沒有，別鬧了！」

這時，金綾娜突然搖晃樊勛的手臂，用甜如浸蜜的聲音說：「寶貝，我要喝湯湯。」

聞言，樊勛二話不說，伸手拿起碗遞給她。

「人家要你餵嘛！」她努起嘴撒嬌。

「那我也要！」車鉉封竟也跟著起鬨。

金綾娜表情閃過一絲錯愕，「車鉉封，你在說笑嗎？」

「哪有？我很認真好嗎？快餵我嘛！」他故意模仿她嗲聲嗲氣的口吻，吵鬧著，「樊勛，人家也要湯湯！」

「暈！」金綾娜哭笑不得，沒好氣地斥道：「喂，你真的很無聊耶，別模仿我行不行！你是想搶我男友嗎？」

樊勛眉心微蹙，面露不悅，「別耍幼稚，車鉉封，都幾歲了還要人餵，丟不丟人？」

「嗯，說的也是，金綾娜，聽見了沒？」車鉉封把身體靠向椅背，伸了個懶腰，「你男友生氣啦，他是在暗示妳。」

「你……」她一時語塞，整張臉紅透了。

氣氛頓時陷入冰點。

過了一會兒，金綾娜抿抿紅唇，打破沉默，軟著嗓音問：「車鉉封，你的眼光好奇怪，好多漂亮的女孩子不去愛，偏偏選了個不怎麼起眼的女生。你到底喜歡她哪一點，說來聽聽？」

她一方面是想藉此激怒車鉉封，另一方面順勢拿我來消遣出氣。

我覺得很受傷，但我不想在她面前示弱，佯裝若無其事，發抖的雙手藏在桌下，轉頭對車鉉封擠出一絲牽強的笑：「我、我吃飽了，一起回教室？」

「等一下，時間還很早，」她看了一眼擺在一旁的手機，「想多認識妳，很好奇樊勛的前女友有哪裡好。不過，說是前女友也不恰當，畢竟妳和他，從來就沒交往過。」

我不自覺偷瞄坐在對面的樊勛。他低垂著眼，夾起一片萵苣，神色淡漠地細嚼慢嚥，對此話題顯然不感興趣，也不打算回答。

我心裡隱隱作痛，並不奢望他會跳出來為我說話，只是害怕他深有同感，所以才悶不吭聲。

「金綾娜，妳覺得我長得怎樣？」車鉉封撥髮耍帥，看著她問。

她嘟起嘴，懊惱極了：「很帥啊，所以我說你眼光有問題。」

他轉而望向樊勛：「樊勛，你呢？我帥嗎？」

樊勛正要喝湯，他放下碗，掃了一眼車鉉封的臉，停頓幾秒才答：「不是我喜歡的型。」

「真令人失望！」車鉉封咕噥了一句，接著側過頭注視我，長眉舒展開來，口氣很溫和：「玥蒔呢？妳覺得金綾娜美嗎？」

我愣住了，這是哪門子的問題？

遲疑半晌，我出自真心地說，「很、很美啊，是全校最美的女生……」

「看吧，大家的審美觀都不一樣，」他嘆口氣，出言不遜：「在我眼中，金綾娜長得很大眾臉，IG上一堆人長得跟她一個樣，說難聽一點，叫做複製人全面進攻。」

「喂！你講這什麼鬼話？你神經病！」她勃然大怒，氣得跳腳，抓起手邊的湯匙射向他的臉：「眼睛有毛病！沒禮貌！渣男！」

他左手一抬，輕易地接住那支湯匙，「妳更沒禮貌，不喜歡別人沒禮貌，最好將心比心。想要別人尊重妳，就先好好對待別人。」

金綾娜咬緊嘴唇，扭頭看向身邊的樊勛，希望他能評評理，可樊勛保持緘默，微微挑了一下眉，淡然而慵懶地繼續吃著飯。

車鉉封露出招牌的陽光笑容，又接下去解釋：「我之所以喜歡玥蒔，理由很簡單，我第一眼就愛上她了。我覺得她比誰都可愛，全世界我只要她。而我，為了讓她快樂，恨不得把全世界最好的東西都送給她。喜歡是不需要理由的，看對眼最重要。好比說，金綾娜，我不是妳的菜，妳不可能愛上我。」

這番話讓我感動得想哭，不管是不是想氣金綾娜才說的，無形中也增添了我的自信。

她撇撇嘴，不以為然，「蠢貨才會笨到愛上嘴賤男！」

車鉉封砲火全開，「天生嘴賤又如何？老實說，我懷疑妳不是真心愛妳男友，妳只是想帶著他到處炫耀！否則的話，又怎麼會以這副醜惡嘴臉欺負人？喜歡一個人，就會想盡辦法使自己變得更好，努力逗對方開心，妳瞧，樊勛一臉陰鬱，他心中的OS一定是希望能盡早擺脫妳。」

「你！是你欺負我！」金綾娜嘴角抽搐，再也受不了樊勛的沉默，她拚命搖晃他的手，邊哭邊嚷：「樊勛，你快幫我說話啊！你是啞巴嗎？他都把我罵得那麼難聽了……」

「走，我們管不住別人的嘴。」他沉著臉起身，臨走前無預警地送我一句：「申玥蒔，原來這就是妳喜歡的理想型。」

2

偶爾，我會夢見自己回到2月14日那天，重新改寫那一天發生的事。

在夢中，樊勛握緊我的手要我堅強，而我也沒有辜負他的期待，很勇敢地抬頭挺胸走進教室當眾宣布我倆交往的好消息。可每當我轉頭看他，好奇他臉上的表情時，卻赫然發現站在我身邊的他其實不是他……

就像現在這樣。

同學直呼我和車鉉封為班對。

令我訝異的是，全校無一不祝福我們的戀情，一點反對的微詞也沒有。

日子一久，每個人都將之視為理所當然的事。

連樊勛也不例外，當他默認以後，雖然依舊淡漠，眼神卻不再隱含敵意。

「歆妍，我想和妳一起回家！」

放學後，我攔截正要從教室後門溜出去的裴歆妍。

「抱歉哦，社長要我放學直接去社團找他，掰啦！」她鑽過門口空隙，一溜煙不見。

除了上學時段，她已連續好幾天都藉口放學有事而先行離去，只為了能讓車鉉封單獨陪我走回家。

在學校，我幾乎找不到跟她獨處的機會，下課時間也好，中午吃飯也不例外，甚至就連體育課也是，她以前都會習慣拉著我一起重複繞操場閒聊，如今卻老是叫我坐在場邊為正在打球的車鉉封加油打氣。

詭異的是，在校園裡，只要我沒和車鉉封一起行動，不光只是同學，連其他班的陌生人也會跑來關切，問我和車鉉封是否出了問題。在他們眼中，我和車鉉封必須時時刻刻黏在一起才算正常，而我也觀察到其餘的班對未獲此待遇……我覺得哪裡不太對勁，可是卻又說不上來。

這世界上，沒人覺得反常的事，只有我覺得反常，那到底誰才反常？

我的戀愛軌跡似乎愈來愈偏離現實，朝著人們眼中的「理想戀情」軌道疾馳而行。

至於樊勛呢？

他的情況恰與我相反，正在慢慢疏離金綾娜，就算受到輿論壓力被人謾罵他也不以為然。我時常看見他在放學時獨自一人離開教室，往回家的反方向前進，不曉得要去哪裡。

今天也是如此。

杵在校門口前的紅磚步道，遲疑了幾秒，我忽然告訴自己，這次我想跟著他，想知道他要去哪，想跟他和好，打破僵局……

「妳怎麼沒等我就先走？」背後響起熟悉的男聲，他語帶責備，理所當然地伸手牽住我的手。

我微怔，本想掙脫，想一想還是算了，畢竟我們目前正在交往啊。

隨著心虛感湧現，我不自禁垂下頭去，不敢直視他，「對……對不起，我只是偶爾想自己回家。」

「那可不行，所謂的理想情人，就是得每天小心翼翼護送女朋友安全到家，使命必達。」車鉉封說得好像這是一項例行性任務，把我當成快遞包裹或是披薩在送。

待我收拾好心情，抬頭往左手邊一望，樊勛的背影早已消失在那條街的盡頭。

我和他，漸行漸遠，最後會形同陌路嗎？

是不是有一天，我真的會習慣樊勛不在身邊的日子？

但其實只要念頭一浮現，心底就沒來由一陣恐慌。我不希望那一天來臨。

無可避免地，這引發了我深深的罪惡感和矛盾。

我並不想利用車鉉封。我想試著和他交往，兌現承諾。

比起以前因為喜歡樊勛而過得戰戰兢兢的日子，和車鉉封在一起我確實感到自在多了。倘若這不是愛，那又是什麼呢？

更何況，他是真心對我的。我也得真心對他才行。不然，怎麼對得起他，怎麼對得起所有真心祝賀我們的人……

我們往家的方向走去，見我一臉愁容，他直接切入核心：「交往這件事，有沒有成為妳的負擔？」

「……沒有。」我撒謊了，只因不想讓他難過。

「妳儘管放心，這個世界上，絕對沒有人會刁難我們。」

「說得這麼有自信，好像這世界是你研發的ＡＰＰ。」我故意吐槽。

他愣了一愣，接著露出無辜的燦笑，一邊思索一邊回答：「我後來才了解，只要有心，不管到哪裡都可以成為理想的戀愛世界……不，應該說，只要去除所有阻礙的因素，就可以成就理想的愛情，進而將世界打造成理想的愛情世界。反之亦然。」

這是轉學以來，他首次願意談論ＡＰＰ的事，而非一味地裝傻。

只是他說得好繞口，我的腦袋都快打結了。

「不管怎樣，幸好你在現實生活稍微收斂了點，在遊戲世界裡，你好蠻橫，當時我都快氣死了，因為你還傷害樊——」話說到一半，我猛然瞧見車鉉封的表情，這才意識到自己說錯話了，連忙住嘴，「對、對不起！我不是故意提起他的名字。」

「沒什麼。我當時確實太囂張了，因為我非常心急，我迫切地想要讓妳愛上我，也想幫妳找回自信。那天回去澈底反省過後，我重新調整了設——」他停頓片刻，看了我一眼，才緩緩說：「該怎麼說呢？反正，我重新調整了自己對理想的認知，就像我剛剛所提到的。現實生活之所以不理想，就是存在許多阻礙的因素，只要去除了那些因素，就可以成就所謂的理想。」

「你真的相信這世界有所謂的理想嗎？」

「當然有，我深信自己就是妳的最佳理想型。就算被樊勛當作是趁人之危，我也不管，我絕對不會把妳還給他。」他愈說愈狂妄。

我瞪著他說：「自戀這點，不管在遊戲世界，或是現實生活，你一點都沒變！」

「我這叫做自信，妳只要跟我在一起，久了也會像我一樣自信。我是為妳而來的。」

被他的真誠打動，我的臉上泛起緋紅，為了掩飾害羞，我索性不再回話。

來到便利商店前的十字路口時，車鉉封突然停下來，拉住我。

「怎麼了？」

「妳還記得那一天嗎？」他朝對街望去，有感而發地說：「那天情人節，我對妳一見鍾情了，在那命運般相遇的瞬間。」

命運般相遇的瞬間……

剎那間，閃進我腦海的竟是樊勛孤傲的身影，我趕緊搖搖頭，努力回想情人節那天和車鉉封在街上相遇的事。

「我、我當然記得啊，怎麼可能會忘？印象太深刻了，我本來還以為你是因為裴歆妍偷拍才衝過來要追殺我們呢！」我打趣，試圖要緩解尷尬氣氛。

他無視我的玩笑話，一股腦地想傳達自己的心意給我：「當時，我一瞥見妳，就立即感受到妳強烈的悲傷，心中頓時升起一股想幫助妳的衝動。我想迫切了解妳，讓妳過得快樂，帶妳遠離討厭的人事物，使妳的世界從此充滿美好，成為妳的理想戀人，跟妳永遠在一起。」

他的嗓音柔和悅耳，環繞於耳際，字字句句觸動心弦，我感動得屏住了呼吸，在這一刻，我覺得自己在這世界上變得很特別，無可取代。

他的愛證明了我的存在和價值，我不再感覺渺小、卑微。

只不過，當我抬頭觸及他那澄澈真摯的眼神時，內心傳來陣陣難言的刺痛，罪惡感蓋過了一切，感動的眼淚猝然化作愧疚的淚水。

他的愛遠遠超過我所能給他的，這是多麼不公平的一件事，他給我這麼多，我卻只能給他那麼少。

擔心被他識破，我再次低下頭，指甲掐著手心，緊盯住人行道上的石磚：「你怎麼可能單憑一眼就知道我在難過？那時你又不認識我，我們只是陌生人，難不成……你會讀心術？」即使我們交往一陣子了，他身上的謎團依舊沒解開。

「我擁有某種妳難以想像的神奇力量，等以後我們在一起久了，我自然會告訴妳。」他摸摸我的頭，嘆了口氣說。

聽到神奇力量，我的肩膀瑟縮一下，沒多想，直接將以前聽來的說法脫口而出：「為什麼要等以後？大家都說交往的時候不該有祕密。」

「妳不也有不想告訴我的祕密？」他冷不防地反問。

他戳中了我的痛處，我感到羞愧不已，頭垂得更低了，虛應一聲：「……嗯。」

「等妳想好了，我們再來交換祕密。」趁我猶豫的空檔，他兀自勾起我的小指頭，晃了兩下，和我打勾勾。

但我知道，這只是單方面的承諾。

祕密，也許終將成為日復一日的悲傷謊言。

3

返抵家門，向車鉉封揮手道別後，回到房間，雖然心情仍很低落，我還是乖乖坐到書桌前，從書包裡抽出練習本，為下星期一的隨堂考做準備。

不曉得是不是因為化學習題太深奧，或者桌上堆滿太多雜物令我分心，過了十分鐘以後，我只勉強計算出兩題選擇題。照此速度推斷，一個晚上都寫不完。猶豫片刻，我決定先把桌面整理乾淨，再來寫作業。

坦白說，我本來就很不擅長整理、收納，尤其是書桌。通常整理完沒隔幾天，桌面馬上又會恢復成一團混亂的狀態。上次整理是在情人節的前一晚，那晚心情很差睡不著覺，才會心血來潮地從被窩裡爬起來打掃房間。

距離那天已過了將近一個月，房間雜亂的程度實在驚人。

對著凌亂不堪的書桌嘆口氣，我決定採取速戰速決的方式，設定半小時內必須整理完畢。

於是，順手抓起散落一桌的原子筆和螢光筆，丟入筆筒，接著再將黏滿桌面和電腦螢幕上的便條貼撕碎後扔進垃圾桶。除了這些以外，桌上還擺滿好幾疊書，本也想一鼓作氣全部往牆邊的書櫃亂塞，可是卻又擔心下次要看時找不到，所以只好一本一本拿起來整理。

我從離手邊最近的那疊書一一看起，沒想到整理到一半，卻意外發現裡頭還夾有一本空白筆記本。

真奇怪，要是沒記錯的話，從沒寫過的筆記本通常會被我收在抽屜裡才對呀……

拿起筆記本左思右想，我總覺得自己似乎遺忘了某件重要的事，卻又因近日雜事太多而臨時想不起來。

這時，手機倏地響起，中斷了我的思緒。

我先把筆記本收回抽屜，再拿起手機一看，來電人是車鉉封。

「我忘記帶家裡的鑰匙，在我家人回電以前，可不可以先待在妳家寫作業？順便參觀一下妳的房間。」

他居然說自己正站在我家門外。拒絕他好像有點殘忍，再加上現在外頭的天色快暗了，我只好勉為其難地先讓他上樓，以免撞見樊勛。

「喔，妳在整理書桌嗎？」一進房間，他劈頭就問。

「你、你怎麼知道？」我感到不可思議，他是憑哪一點判斷出我正在整理書桌？

「我隨便亂猜的，猜對了嗎？」

「你果然有讀心術……」

他笑了笑，逕自越過我，走到書桌前，順手拿起擺在椅子上的書，翻兩三下，便替我一本接一本地收在書櫃裡。

我紅著臉，上前想阻止他，但他卻堅持要幫忙。

沒多久，我的書櫃經過他重新分類後，井然有序。

不僅如此，不到兩三下工夫，連同原本雜亂無章的書桌也變得非常整齊。

「哇，車鉉封，你好強，謝謝你！你是具有神奇力量的收納達人！」我驚嘆。

「沒什麼啦，下次有空我再幫妳整理房間。」

「不用了，剩下的我自己整理就行了，好丟臉……被你看到房間這麼亂……」

他打了一個哈欠，一副很睏的樣子，拉開椅子坐下，「抱歉，我可以先睡一下嗎？」

「啊、當然可以……」

我手忙腳亂地想稍微整理一下床鋪，誰知一轉身，他便直接趴在桌前睡著了。

這傢伙是怎麼回事？一秒入睡？也太令人羨慕了吧！

房間漆黑一片，我這才察覺太陽正好下山休息去了，同時笑如燦陽的車鉉封也體力不支睡著，不曉得這稱不稱得上是巧合？

今天晚上本想吃泡麵填飽肚子就好，但既然他都來了，我決定去巷口包便當回來請他吃，犒賞他的胃。

4

才剛踏出家門，不遠處有一道修長挺拔的身影迎面而來，在昏黃路燈的投射下，他正巧踩在光與暗的交際線上，黑影被拖長，斜映在牆上。

我的心跳猛然加速，慌亂地左顧右盼。

這條靜謐的巷子，只有我跟他，沒有別人。

怎麼辦？我要不要趁此機會跟他好好聊一聊？如果錯過，下次不曉得又要等到何年何月。

我舉起手，厚著臉皮打招呼，「那、那個，樊——」

偏偏他無視我，裝作陌生人似地低著頭，匆促走在光線照不到的地方，腳步卻略顯不穩。

在這短瞬之間，我驟然驚覺有異，再也顧不得面子，連忙上前攔阻。

「你、你怎麼了？出了什麼——」我握住他的手臂，不讓他繼續往前走，急著想確認他是否受傷。

「沒妳的事。」他輕輕撥開我的手，語氣淡然：「我很好。」一點也不好。近距離仔細審視一番，他不僅頭髮蓬亂，嘴角破皮滲血，衣衫不整，釦子也缺了兩個，染血的領口微敞露出鎖骨，潔白肌膚上是斑駁的累累血痕。

就在我視線往下時，陡然驚見他手指關節淌著血。

「我帶你去看醫生！」我心如刀絞，顫抖著手要拉他走。

他甩開，立在原地不動，表情不耐：「煩死了，這只是小傷，看什麼醫生？」

「你、你是和誰打架了嗎？」

「是又怎樣？」他翻翻白眼，好像覺得我很礙眼。「不關妳的事。」

「到底……到底是怎麼回事？為什麼會被打得這麼慘？」又氣又急的情況下，我的眼淚不受控地簌簌落下，胸口如撕心裂肺般的疼。

他一副很傷腦筋地摸了摸後頸，受不了我哭，只好無奈答道：「他們一夥人陰我。寡不敵眾。」

我哽咽，傻愣了幾秒，反覆問：「他們？他們是誰？」

我再三追問，他終於說出事情的經過。

原來，在他正式提出分手後，金綾娜惱羞成怒，氣得撂下狠話說要給他顏色瞧瞧，本以為只是隨口說說，誰知道她真在放學後找來一夥流氓，趁他走在街上不注意時，從背後襲擊，再拖到無人巷弄裡死命毆打。即使他身手再好，面對一群使陰招的小人，也很難打贏。直到有路人瞧見揚言要報警，那群人才一哄而散。

「她太可惡了！你有去警局報案嗎？」我一邊說，一邊拉著他進屋。

「追根究柢，這件事是我自己造的孽。被打也算是活該，她發洩不滿後，這下誰也不欠誰了。」他聳肩，滿不在乎走著，「不過，為了懲戒惡人，我還是有上警局一趟。」

走進玄關時，他的視線朝鞋櫃瞥一眼，腳步稍有停頓，還發出煩躁的悶哼。

「怎麼了？哪裡痛嗎？」

他忽略我的問題，走到沙發坐下，似乎等我幫他擦藥。

我手忙腳亂地從櫃子裡翻找出醫藥箱，側坐在他身邊，拿出生理食鹽水和棉棒想先清洗傷口。

棉棒輕輕揉壓在他紅潤微腫的嘴唇時，他的眉心微蹙，眸光黯下，似有若無地輕嘆一聲。

我感覺自己有點笨手笨腳的，慌慌張張地解釋：「對不起，我技術可能沒有很好，要是你覺得——」

「傻瓜。只要我技術好就行了。」

「什、什麼？」

停頓了幾秒，不知道是不是存心開玩笑，他微瞇起眼：「事到如今，與其被動等妳慢慢開竅，不如我主動教妳比較快。」

我微微瞪大雙眼，全身變得緊繃僵硬，正在努力消化他的話。

一時反應不及，他已抓住我的肩膀，用力一推，猝不及防地將我強行壓倒在沙發上。

我掙扎著想起身，卻是白費力氣，雙肩被他有力的手臂牢牢箝制住，怎樣也無法動彈。

他微微傾身，以凌厲的目光俯看著我，語氣透著告誡：「首先，治癒心傷的最好方式，就是勇敢去愛。」

我驚愕鬆手，棉棒滾落在地，愣了幾秒，氣憤大叫：「你……你別鬧了！我現在有交往對象！」

「我知道，我看到了，」他先是指向玄關的方向，又指著我的鼻尖嚷嚷：「妳這神經大條的小傻瓜，竟敢隨便帶他回家，一點警覺心也沒有！」

原來方才他在玄關之所以悶哼一聲，是因為看見了車鉉封的鞋子。

「笨、笨蛋！你誤會了，他說自己忘了帶鑰匙，所以我暫時讓他待在房裡。」

「我才不信，那傢伙不安好心眼！而妳，平常思考總是慢半拍就算了，還傻傻讓他進屋，妳不怕嗎？妳跟他有熟到這種地步嗎？」

「我、我幹嘛怕？」我一邊回嘴，一邊思索他的話，逐漸意識到樊勛說的似乎有道理。可我當時沒多想，現在，我登時感覺有點羞窘。

「該死，妳是少根筋嗎？我是怕他對妳這樣——」他見我表情呆滯，於是不把話說完，直接親自示範，俯下身在我唇上落下吻。

我使勁想推開他，但無奈他力氣太大，而當我想賞他巴掌時，他又提前箝住我的手腕。吮吻之際，他唇角的傷又不慎迸裂，血微微滲出，依稀傳來淡淡鐵銹味。

他倏地鬆開我的唇，將我從沙發上拉起坐直後，輕彈我的額頭說：「妳這遲鈍的傻瓜，拜託以後妳多提防點。」

「我……我該提防的人是你才對吧！」我氣急敗壞地斜了他一眼。

「延續剛剛講的話。第二，妳勇敢去愛的對象，僅限於我。」

「僅限於你……」我訝然，不自覺複誦一遍，這不就等同於我只能愛他？

「沒錯。從今以後，妳只能看我！只能抱我！只能想我！只能愛我！以此類推！」

這是哪門子的霸道宣言？

還沒回過神，他又輕啄了我一次唇，「只能吻我。」

「你……你怎麼可以這樣？我現在還在跟他交往！你真的很可惡！你不能這樣！」

這下我更火了，握拳胡亂捶在他身上，卻在下一秒想起他受傷的事，只好暫且忍住濃濃怒意，忿忿然地站起身來，往後退了一大步。

「有何不可？妳本來就是逞一時口舌之快才勉強跟他交往的，再說，他上次也在未經我許可的情況下，強吻妳，我只是把這筆帳討回來。扯平了。」

「你吻了兩次！」我糾正，氣惱極了。

「上次換座位，他欠我一次人情。」他狡辯，揚起一抹淺笑。

我本來還想責備他，但見到他嘴角依然滲血，指節的傷口也是，我的心又開始隱隱作痛，只好走上前替他擦藥包紮。

過程中，他只是靜靜凝望我，什麼話也沒說。我也不敢打破沉默，怕他又亂來，儘量加快手邊的速度。

過了一會兒，將最後一道傷口覆蓋上紗布，並在邊緣用紙膠帶固定好後，我一邊收拾醫藥箱，一邊叮嚀他：「你這幾天要記得多吃點水果……聽說多補充維他命，可以加速傷口癒合的速度。」

他沒有應聲，仍目不轉睛瞅著我。

「你有把我的話聽進去嗎？」我重複問了一次。

「妳呢？有把我的話聽進去嗎？」他反問我，側著頭，眼神銳利。

我有些無措，回答有也不好，沒有也不對。

他繼續盯住我的雙眼看，眉頭擰得緊，彷彿是在質問犯人。

我被他看得很不自在，只好站起來抱起醫藥箱，準備走回櫃子前放。

「我幫妳放就行了。」他起身擋住我，奪過我手裡的醫藥箱，竟還煞有其事的沉著聲講解：「那櫃子的抽屜很難搞，開很容易，拿東西的時候也很容易，可是一旦把箱子重新塞回去，就很難關起來。像妳這種做事總是不經大腦思考的傻瓜，是應付不來的，最後還是得依賴我。」

「單單一個抽屜，有什麼難？」我直覺他只是單純想找我麻煩，沒好氣地駁斥他，「我剛才拿箱子的時候，也關得上啊！」

「申玥蒔，妳這單細胞生物，果然聽話只聽一半。」他刻意放慢講話速度，「我是說，那抽屜放滿東西時很難關起來。唉，傻瓜就是傻瓜，聽不懂人話。」

我不甘示弱，大聲說：「我不是你口中的傻瓜，箱子還來，我自己放！」

本以為非得使勁才能搶回來，沒想到他手一鬆，箱子沉沉地落在我手上。

他眉一挑，冷笑一聲，表情不以為然：「好。妳試試看。」

這傢伙怎麼變臉這麼快？翻臉如翻書。虧我還花時間替他擦藥，一點也不知感恩。

我憤怒地抱著箱子走回櫃子前，哪知這抽屜真如他所言，存心與人作對。

費了好大的力氣推，我怎樣試都關不起來。

「我來。」

忽然間，耳畔響起低語，他微熱的氣息輕灑於我的頸肩。

原來，他已趁我不注意時，踩著無聲貓步悄悄來到我身後，貼得很近，兩手分別撐在我身體的兩側，似是藉由替我扶著抽屜的動作，從背後把我困在他的胸膛和櫃子之間。

慘了，真是一刻也不能對這心機鬼大意！

他又想故技重施地製造一次曖昧氣氛……

看來，一切早在他的料想之中。

我的內心五味雜陳，十分後悔自己剛才沒聽他的話，早知道就照他說的做。

我嘗試掙脫，但只要稍微往後退，就等於把身子緊緊往他懷裡枕靠。一股熱氣頓時直竄腦門，臉頰滾燙，我不知道該怎麼辦才好。

「這有訣竅的，不能硬推，要先拿出來，然後再對準這個角度，使點力推回去。」在他巧妙的技巧下，只花了幾秒鐘，櫥櫃抽屜便順著滑軌被關上，「凡事都得先找到問題癥結點，再來想辦法解決，傻傻的做只是白費力氣。」

他意有所指，而我心不在焉，氣憤地大叫：「樊勛！你可以讓開嗎？你三番兩次這樣，我真的很困擾！說了好幾遍，我已經和車鉉——」

「不行。」他迅速回絕。

「為、為什麼？」我驚詫。

「我讓，妳也得讓。」他說。

我一頭霧水，「你在說什麼？」

「我指的是，有關這次吵架的事，我們各讓一步，好不好？」

我恍然明白，他是藉機一語雙關。

見我不吭聲，他更直截了當地說出心底的想法：「我們為了賭氣，折磨自己，也折騰別人，這樣一點也不好。既然我已經跟金綾娜分手了，妳這邊也別拖延，快跟他分手，把傷害減到最低，不要耽誤彼此的幸福。」

「……你憑什麼命令我？跟他在一起，我很快樂！」這是實話，也是謊話。

「有比和我在一起還快樂嗎？」他冷著聲問，「假如有的話，我就退出。」

我怔愣住了。

沉默片刻，我答：「就算沒有，但至少我和他在一起的時候，少了點痛苦和壓力……」

「好，那我再問妳幾個問題。假設今天全世界都反對他和妳在一起，妳會怎樣？妳會退縮嗎？妳會質疑自己配不上他嗎？」

「我……」我竟然回答不出來。

5

買完便當後，我腳步沉重地上樓回房間去，這一路上我滿腦子想的都是十分鐘前樊勛對我說的那些話。

來到房門前，我拍拍雙頰，深吸一口氣，緩和緊繃的心情，努力擠出笑容，邊開門邊喊：「我買吃的回來了！」

出門前被我點亮的床頭燈，在半昏暗的房裡散發出柔和的橘黃光芒。

視線瞄向書桌，我本預期車鉉封已醒來，誰知他仍趴睡在桌前，姿勢沒變。

我躡手躡腳走到桌邊，仔細端詳他的側顏半晌，再伸指輕戳他臉頰，確定他沒有裝睡。

「也未免太扯了……手腳不會發麻嗎？」我喃喃自語，放下便當，苦惱著該拿他如何是好。

驀地，傳來手機的震動聲。

我以為是我的手機響了，拿出來看，並不是。

這時，又傳來一連串的嗡嗡震動聲響。

低下頭一看，我發現車鉉封的長褲口袋裡透著微微光亮，是他的手機在響。

印象中，他有提過在等家人回電。

不過，他現在睡得這麼沉，連手機震動也沒察覺，怎麼辦？不接電話，他的家人勢必會擔憂，搞不好還可能誤以為他失蹤？

於是，我用力搖晃車鉉封的肩膀想叫醒他，他卻完全無動於衷。

不得已的情況下，我只好硬著頭皮從他口袋拿起手機，並向熟睡中的他解釋：「車鉉封，那、那個，你可別誤會我要偷看你的手機，我只是想確定你家人是不是急著要找你。」

想當然耳，沒有得到任何回應。

我嘆了一口氣。拿著已停止震動的手機，小心翼翼按下電源鍵。

誇張的是，螢幕亮起時出現的不是鎖機畫面，而是主畫面的應用程式。

這傢伙……也太粗心大意了吧？這年頭，還有人手機不設定密碼嗎？

稍微檢查了一下，沒有任何來電未接的紀錄。

就在此時，上方的通知欄位忽地跳出一則即時訊息，上面寫著：「《理想的戀愛世界》系統通知：遊戲進度已自動儲存完畢。」

因著好奇心的驅使，我忍不住按下去，馬上連結到遊戲的控制面板。

一秒不到，畫面中央又跳出一則提醒視窗：「擬真世界2.0-Beta版本執行中，若在過程中修改遊戲設定，將使所有玩家（含訪客）自動進入睡眠狀態。」

這什麼鬼……

我微微睜大雙眼，感到有些詫異，關上視窗，正準備往下滑時，門外驀然傳來一陣急促的敲門聲。

倒抽一口氣，我下意識趕緊把手機放回車鉉封的口袋裡。

「誰？」我帶著心虛轉身，隔著門板問。

「是我。」伴隨一道低沉嗓音，門開了。

走進房裡的是樊勛，進門時還隨手按下電燈的開關。

「我沒允許你進來！你怎麼可以直接開門？」我氣呼呼抗議。

「對不起，妳和他獨處，我不放心。」樊勛一邊解釋來意，一邊環顧周圍。一瞥見車鉉封坐在桌前，神情倏地由疑惑轉為驚訝：「他怎麼趴著？難不成是在睡覺？」

「嗯……他是在睡覺沒錯，叫也叫不醒，可能太累了。」我皺起眉頭，緩緩答道。

「太累？為什麼會累？」他納悶，挑了挑眉。

「我怎麼知道？」我反問他，比他還困惑。

他急匆匆走過來查看，伸手抓著車鉉封的肩膀猛搖幾下。

「還真的睡死了。」沉默幾秒，他滿臉狐疑地轉頭看我，像是很不放心地添加一句，「妳和他之前做了什麼嗎？」

「你、你管那麼多？」

「快說。除非妳作賊心虛。」他雙手扠腰睨著我，擺出一副對女友查勤般的不悅姿態。

雖然不想理他，但為了避免引起誤會，我只好簡單快速地將事情始末說一遍。

聽完後，他改以嘲諷的戲謔口吻說：「收拾書桌而已就沒力，這小子真虛。」

「不要隨便罵他！他也許是……身體不舒服才想小睡一下。」

樊勛嘴角一抽，「最好是。」

「你……你可以滾了嗎？」我愈來愈火大。

「妳要我滾？」他不敢置信。

「這是我的房間，我有資格下逐客令。」

「那他怎麼辦？妳要跟他獨處一夜？」

6

翌日，雖然是不用上課的週六，我還是起了個大早。

下了床，掀開窗簾，見到對窗仍緊閉著，我不感到意外。樊勛通常週末習慣晚起，有時甚至拖到九點、十點才起床，而此刻才七點多。

不管怎樣，迅速梳洗完畢後，我馬上奔往樊勛的臥房，想知道另一人起床了沒。

我之所以這麼著急，是因為樊勛昨晚把車鉉封抱到房裡睡，我很擔心等車鉉封醒來後，樊勛會自作主張找他談。

我不希望樊勛主動介入我和他之間。

這件事必須由我自己來承擔，親口向車鉉封誠實表達內心的想法，並停止用謊言維繫感情。

我不能再退縮。

立下此決心後，我做了好幾次深呼吸，正要敲門時，有人從背後輕拍我的肩。

「早安，妳找我嗎？」

我詫異回頭，發現車鉉封就站在我身後，一手插在褲袋裡，氣色紅潤，神清氣爽，眨著那雙澄澈大眼，咧嘴露出陽光般的招牌燦笑。

「啊……你醒啦，早、早安！」我佯裝鎮定地打招呼。

「哇，黑眼圈好深，妳昨晚沒睡飽嗎？」他挨近我，微微傾下身，將視線與我齊平，直勾勾盯著我看。

一股熟悉的清新香氣撲鼻而來。顯然，車鉉封洗澡時用了樊勛的沐浴乳，就連他身上穿的上衣和長褲無疑也全是樊勛的家居服。

「嗯，沒什麼睡。」我回答，心跳因緊張而加快，一想起待會要對他坦承心意，壓力頓時倍增。

「妳一定很擔心我，所以才沒睡好，抱歉，我只要一到黃昏，就會昏睡過去。」

「為什麼？」他得了嗜睡症嗎？不過，我倒是沒聽說過黃昏會睡著的嗜睡症。

「因為，我是太陽。」他眨眨眼，調皮地說。

「太陽？」我愣了一愣，不自覺地替他解釋：「你笑起來的確很像，睡著的時候太陽也正好下山……」

「我是為妳而來的。」這些話，在交往期間，他強調了好幾次，「我想為妳驅走陰霾，為妳帶來幸福的光。」

正當我默默揣摩話中的涵義時，他忽然伸手一拉，將我拉進他溫暖的懷中，兩手圈在我腰上。

這突如其來的舉動使我整個人僵住兩秒，隨即回過神來，急忙掙脫他的懷抱。

而他的手還停留在半空中，眼裡閃過一絲受傷，遲了半晌，才緩緩把手放下。

我的眼眶一陣酸澀，強烈的自責和罪惡感襲來，歉疚地囁嚅著：「對不起……」

尷尬之餘，他連忙擠出和煦的笑容，試圖安撫我的情緒：「嚇到妳了嗎？抱歉，我只是覺得妳很可愛，所以情不自禁想抱抱妳，是我不好！」

「不是那樣……」我的聲音一度哽咽，咬了咬下唇，憋著淚說：「都說了，錯的人是我，對不起。」

「放心好了，我不會像之前那樣隨便吻妳，不管是擁抱或是親吻，我都會先徵求妳的同意。」他忽略我的話，忙著用衣袖擦拭我眼角的淚。

車鉉封為了不讓我難受，選擇縱容我，選擇不戳破謊言，假裝一切都很美好。

想著想著，眼淚再也忍不住，一滴一滴落下。

我真後悔自己對車鉉封如此殘忍，我怎狠心帶著他一起逃避現實？

誠如樊勛所言，不管是對誰，我們都沒有資格去傷害別人，也不該為了一時氣話，耽誤自己和別人的幸福。

我必須及早踩剎車，使傷害減到最低。

「車鉉封，我們可以找個地方談一談嗎？我有些話想跟你說。」

第六章

你為我捎來勇氣，
給了我命運般的愛情

1

本想找他到庭園談，但車鉉封卻堅持要到屋外邊走邊聊。

出門前，他指著掛在玄關傘架的一把傘問：「這是妳的吧？前幾天看妳帶來學校。」

「嗯，結果那天沒下雨，後來就擱在這了。怎麼了？」我納悶。

他沒答話，逕自拿起那把雨傘。

我說：「外面天氣很好，昨晚我也看過氣象預報ＡＰＰ，今天降雨機率０％。」

「這世界是繞著我們轉的。」這句話好耳熟。

記得他上次在遊戲裡也說過類似的話。

但這裡是現實世界，他怎麼有辦法篤定會下雨？他是迷糊了嗎，所以才將兩者搞混？

推開家門，剛要踏出屋簷的那一瞬間，隨著啪的一聲，站在我身旁的他從容不迫地打開了傘，把傘遮到我的頭上。

與此同時，斗大的雨珠竟也開始一滴一滴落下，在傘面發出清脆的啪啦聲。

萬萬沒想到車鉉封比天氣預報還要神準。

我感到極為不可思議，隔著透明的傘仰望天空。只見空中湛藍無雲，陽光普照，看樣子是一場太陽雨。

也許是清晨的緣故，巷弄之中幾乎沒有什麼人。

他走得很慢。我不曉得他究竟想去哪，也不好意思問他，索性跟著他走。

我無心欣賞沿途風景，一直思考要以怎樣的開場白來打破沉默。

片刻過後，我發現他又繞回了家門前的巷口。看來他對這附近的街道很熟。

就在此時，他停下腳步，與我目光對上，首先開口：「我知道妳想說什麼，原本我以為妳沒有勇氣說，也許我就是仗著這點優勢，一直霸占著妳。畢竟這是我唯一能贏過樊勛的機會。」

「你怎麼……會知道？」我感到羞愧，罪惡感加重，手指緊揪著衣襬。

「我那麼喜歡妳，只要順著妳的視線望去，就會知道妳的心裡始終只容得下他。」

我懺悔道：「對不起，車鉉封，我錯了，我傷害了你，如果能重來的話，我一定不會——」

他打斷我，「不，別這麼說，是我利用你們吵架的機會接近妳。可是，我完全不後悔，因為至少我試過了，沒有留下任何遺憾。就算重來，我還是會這麼做。妳不要感到愧疚，我很開心能幫上一點小忙，讓妳找到誠實面對自己的勇氣。」

他臉上依舊掛著一抹微笑，但我感覺得出他是在強顏歡笑。

照我平日的觀察，倘若他真感到開心，一定會笑得眉眼彎彎，梨渦綻放，而現在他的笑容有些許牽強，令人心痛。

我低下頭，摀著臉痛哭。

巧合的是，雨也跟著愈下愈大。雨聲大過哭聲。

他輕拍我的頭，耐心地等我哭完後，似乎興起一個疑惑：「假如妳先遇見我，而不是先遇見他，妳會不會先愛上我？」

靜默片刻。

我不想這麼殘忍，但為了坦然以對，只能忍著痛，顫著聲緩緩答道：「他……他占據我生命中很重要的一部分……任何人都無法取代他在我心目中的地位……」

樊勛，他是我命運般的戀人。我終究仍保留了這句。只因瞥見車鉉封眸中難掩的哀傷，而不忍繼續說下去。

「我懂了，我可以接受這個說法。」他微微一笑，低下頭去，沉思了一陣子。重新抬起頭時，口氣帶了點矛盾，似是天真，似是世故：「可是，我實在想不透的是，以現實層面來說，你們在一起其實並不適合，一定會遇到許多難題。相較之下，妳和我交往，不會有任何阻礙因素，因為我會幫妳一一排除。比起他，我難道不是最理想的戀人嗎？」

也不知道怎麼搞的，當我懷抱著坦然誠實的心態，望著車鉉封那雙透著溫柔光芒的眼眸時，我居然有辦法將內心的想法全部傾洩而出，毫無一絲保留：「理不理想不是重點……重點是，我愛他，就只是單純愛他這回事。我一開始之所以感到解脫，是因為我逃避現實的不友善環境，壓力忽然減輕。和你在一起雖然也很快樂，但我後來才了解，即使是在痛苦的時候，我也希望陪在我身邊的人是他。過去，我一直推開他，以為那樣可以讓他另尋幸福，但我後來終於領悟，幸福只有和對的人在一起時，才會到來。」

我總算是把所有的話都講清楚了，登時有種如釋重負的感覺。

雖然掙扎了很久，卻沒有想像中困難。

只是，我真的很愧對他，也為他感到心疼。

因此，我懷著懊悔的心情，重複述說一遍：「車鉉封，就算你要我不說，可是我還是要再次對你說聲對不起。」

他輕嘆一口氣，摸了摸我的臉頰：「我只希望妳能過得幸福，因為這是我唯一沒辦法給妳的。如果到最後，他也給不了妳幸福，妳可以回來找我。」

我搖搖頭。

眼眶再次濕熱，溢滿淚水，無能為力的苦澀感直落心頭。

「我要走了。」安靜了幾秒，他說，「因為他來了，我必須把妳還給他。」

他？樊勛？

車鉉封輕抬下巴，視線朝我身後瞥去。

我詫然，反射性側過身去，樊勛就站在距離我們兩三步的地方。

我的雙頰頓時變得灼燙，驚訝地問：「他、他怎麼會——」

「我通知他來的。」車鉉封答。

「你？什麼時候？怎麼通知的？」

「我神通廣大。」又是一個微笑。

車鉉封伸手，準備將傘遞到來到我們身邊的樊勛手中，「就由你護送她回家，我要先走了。」

我急忙握住傘柄，不讓樊勛接過去，「車鉉封，你不會是想淋雨回去吧？」

「人們不是常說，失戀時，淋一點雨，才能告別悲傷嗎？」他就連哽咽地說這些話時，臉上還是笑笑的，似乎怕我難過。

樊勛的手覆上我的，刻意打趣地說，「他都這麼說了。雨中散步對失戀的人很不錯。」

車鉉封輕輕點頭，喃喃低語般：「只有他能為妳撐起這把保護傘，驅走眼淚。」

聞言，我鬆開手，讓樊勛接過傘。

雨水順著車鉉封的髮梢滑落，沾濕了他的眼。

在滂沱大雨中，淚水氤氳目光，我只模糊看見車鉉封轉身背對我們逐漸走遠。

2

週末連續兩天都下著太陽雨，如同我的心情，介於雨天和晴天之間。

我沒有出門，也沒有去找樊勛，只是靜靜地躺在床上，反省這一個月以來發生過的每一件事。

縱使車鉉封不怪我，但只要一想起他的溫柔，我的胸口仍感到劇烈疼痛。

為了不辜負這段相遇，我告訴自己，一定要變得更勇敢、更有自信才行。

星期一，凌晨四點左右，天色微亮，雨勢轉小，我起床上廁所時，發現放在枕邊的手機傳來震動。

拿起來一看，是車鉉封傳來的訊息。

他提醒我今天是白色情人節，要我勇敢去愛，趕快跟樊勛交往，別再躲躲藏藏，另外還傳送一張「祝順利」的貼圖。

我忍著淚，秒回了「我會加油」和「謝謝」的貼圖，也同樣祝他能找到幸福。

之後，在半夢半醒之時，雨已停歇，也終究沖淡了些許哀傷。

清晨，迎來了萬里無雲的大晴天。太陽高高掛在天邊，格外耀眼燦爛。

上學途中，我不自覺把手伸向蔚藍天空，任陽光如金粉般透過指縫間傾瀉，我不僅感覺到溫暖，還多了份自信，決定要昂首闊步迎向新的開始。

一早到校，我找裴歆妍去福利社買早餐，順便把和車鉉封分手的事告訴她。

她不怎麼吃驚，兩手一攤，吐舌頭說：「我早有預感你們遲早會分手。」

「是、是嗎？但妳老是幫我和他製造獨處機會……」我比她更訝異，以為她多少會生氣。

「理由我之前就說過，那是因為我捨不得看妳受苦。現在既然妳豁出去了，我會全力支持到底。」她拍了拍我的背打氣，「我的好玥蒔啊，別再拖延啦，快跟樊勛在一起吧，急死人了！」

其實我也不想拖延，畢竟昨晚車鉉封還特地傳訊為我打氣，再加上裴歆妍也這麼說，我決定要好好把握今天，主動找樊勛談一談。

上星期六，樊勛為我撐傘走回屋內後，我和他就沒聊過半句話。而今早，他也沒等我，便自己一個人提早出門。

正當我陷入發呆時，裴歆妍走到飲料櫃前，雙手合十，發出興奮的驚呼聲：「欸欸欸！妳不是很喜歡喝巧克力牛奶嗎？阿姨今天擺滿一整櫃耶！」

說人人到，福利社阿姨竟在下一秒閃進我們的視線中，用一種理所當然的語調對我說：「今天進貨了，妳看滿滿一整櫃，不怕妳喝，就怕妳不喝。」

「哈哈哈，阿姨妳真好笑！」裴歆妍捧腹大笑。

「進貨？」我愕然，總覺得這一幕似曾相識，好像在哪聽過類似的話……

再者，巧克力牛奶並非熱門飲料，一般來說，福利社應該不至於會一口氣進那麼多？難不成是白色情人節的緣故？

我左思右想，不得其解，但還是隨手拿了兩瓶巧克力牛奶和蔥油餅到櫃台結帳。

從福利社走出來，我赫然回想起上次在遊戲中，阿姨曾提到會替我進貨。但那時飲料櫃上沒有半瓶巧克力牛奶，是缺貨狀態，而現在卻是補滿整櫃……

我果然是想太多了吧？

太荒謬了，我怎麼會不小心和車鉉封一樣，把遊戲世界和現實生活混為一談呢？是昨晚沒睡飽的關係嗎？

「妳在想什麼？」裴歆妍狐疑地歪著頭看我，手在我面前揮呀揮的。

「沒、沒事，我們回教室去吧。」

3

距離第一節上課鐘響大約還有幾分鐘，回教室後，我往樊勛的窗邊座位方向望去，發現他正側坐在椅子上滑手機，時不時抬起頭和鄰座的副班長聊天。

截至目前為止，沒聽見班上有人談論白色情人節的事，況且這個日子一般是男生回禮，而我在2月14日的情人節也沒有送他巧克力，如果我去向他表白心意，會不會很怪？

我的內心糾結著，腦袋又冒出另一個聲音：也沒人規定表白一定要挑節日啊，任何時候都可以，加油，申玥蒔，妳一定可以的，上吧！

就在這麼想的時候，樊勛似是感受到我焦灼的視線，不經意地往我這邊看。

一觸及他的目光，立刻嚇得我心臟怦怦亂跳，萌生想轉身逃走的意念，卻又不甘於再次逃避現實。

終於，我跨出第一步，慢慢走向他，同時在心裡播放演練好多次的開場白——站在他的座位前，我的笑容僵硬，一隻手緊抓著巧克力牛奶，半舉起另一隻手結結巴巴地說：「樊、樊勛，早……早安啊，你吃——」

誰知副班長無預警開口打岔，「申玥蒔，妳男友今天上午請假一小時，會晚一點進教室，他在電話裡沒說原因，妳知道是怎麼回事嗎？」

我腦中的演練全付諸流水了，我可沒料想到會有人中途插嘴。

太……太慘了！

最糟的是，除了樊勛和裴歆妍以外，全班壓根兒沒人知道我和車鉉封分手的事，再加上車鉉封也沒來，該怎麼澄清呢？

我東張西望，卻沒在教室內見到裴歆妍的身影，她可能去上廁所了。我只好又瞄了樊勛一眼，想求救於他，沒想到他卻低下頭繼續滑手機，完全無視於我。

「申玥蒔，妳知道妳男友為啥請假嗎？」副班長又問了一次，桌上放著一張出缺勤紀錄表，手指不停轉動筆，一臉不耐煩。

「他……我不知道。」

「妳是車鉉封的女朋友耶，連男友沒來的理由都不曉得？」副班長幹嘛每一句都強調？他平常不會這麼刁鑽，今天是怎麼搞的？一點也不像他的個性。

「我和他……」我一時詞窮，不知該如何解釋才好。

「不想被誤會，就直接一點說。」樊勛放下手機，站起身來，望向後門，兩手插進長褲口袋，旋即邁開筆直的長腿，似乎有意走出教室。

「等、等等！你先別走！」我連忙叫住他。

樊勛停下來，側身望向我，面無表情。

「到底是怎樣？我待會要跟班導交差耶！」副班長又是一陣嚷嚷，「掌握男友的全天候動向，不是女友的本分嗎？」

我咬了咬嘴唇，不想再當樊勛眼中的膽小鬼，於是開口澄清：「我和車鉉封分手了，而且這世上有誰規定女友非得要掌握男友動向？」

「大概是車鉉封的規定。」樊勛低聲喃唸。

車鉉封的規定？這話什麼意思？我不解。

「原來你們分手啦？不早說！也是啦，前女友打去問也挺尷尬的，好啦，我自己打給他囉。」副班長竟也沒出現我預期的反應，只是稍稍咕噥了聲，便掏出手機，起身往前門走去。

我整個傻眼。

「你不覺得他很不對勁嗎？」指著副班長的背影，我小聲地問。

「……後知後覺。」樊勛翻翻白眼。

「什麼意思？」

「沒。」

「你是說副班長後知後覺？」我轉動眼珠子，只得出此結論。

「妳找我有事？」他揚起一側的眉，朝我逼近。

我怔愣一瞬，下意識往後退。

他又朝我走近一步，我又更往後退了兩步。

就這樣，我被他莫名其妙逼到教室角落的窗邊去。

嚥了嚥口水，我鼓起勇氣，把手上的巧克力牛奶塞到他手心，並輕聲說：「請……請你喝！」

他目光微微一顫，顯然被我這舉動嚇了一跳，半晌，緩緩開口問：「請我喝幹嘛？」

「那個……我對你……」感覺愈來愈多視線往這邊集中，我的臉都紅透了，音量變得愈來愈小。

「聽不見？」他目光深沉，嘴角微勾，接過牛奶，單手撐在我身旁的窗框上。

「我對你……喜……」我的背抵靠著後方緊閉的窗，兩手顫抖地反撐在身後的窗台。

「妳對我怎樣？」樊勛傾身向前，順勢把牛奶放在窗台，空出來的雙手，分別箝住我的左右手腕。

「我喜歡……」我慌了手腳，心跳失速，幾乎有種心臟快從胸口迸出來的錯覺。

「喂，妳到底想說什麼？」這心機鬼微瞇眼，繼續裝傻，側著頭像貓一樣斜睨著我。

突然間，我乾脆豁出去，攥緊拳頭，一鼓作氣朝他大喊：「我喜歡你！」

說完整句話後，我雙手摀住嘴，簡直不敢置信自己使出了這輩子最大的勇氣。

不管怎樣，我總算當著大家的面坦白說出來了，雖然很丟臉，但痛快多了，至少不必一直憋在心底！

糟糕的是，這也引起全班的注意。

頃刻間，全場靜默無聲。每個人都不約而同地停下手邊的動作，朝我們這方向望過來。

驀地，樊勛一手攬住我的腰，另一隻手掀起我身側的厚重簾布，隨即急速地旋過身，帶著我一起躲入窗簾後的小空間裡，藉此遮擋住來自四面八方的視線。

背後是簾布，眼前只有他，和他距離這麼近，我緊張到快要窒息了……

在猝不及防的情況下，他又一把將我拽入懷中。

我大吃一驚，發出一聲短促的驚叫。

果然太小看他了……我本以為當眾表白就能滿足他，沒想到他的野心更大。

「你、你想幹嘛？」我萬分錯愕，急忙扭動肩膀想逃脫，「不、不要太過分了！這裡是教室耶！樊勛，你瘋了嗎？」

「妳想呢？」他反問，把我摟得更緊，讓我身子貼近他的胸膛，冰冷的手指滑過我滾燙的臉頰，壞心眼地笑了笑：「戀愛世界就是要戀愛，不然還能幹嘛？玥蒔，我們就難得放縱一次吧，反正快告一段落了。」

戀愛世界？

什麼跟什麼？

他……他是精神錯亂了嗎？也把真實世界和虛擬遊戲搞混了？

還有，什麼叫做「快告一段落了」？他這是打算要拒絕我的表白嗎？

我驚慌失措，瞪大了眼，還來不及搞清楚狀況，他已抬高我的下巴，將溫熱的薄唇壓住我顫抖的唇瓣，深深地吻了上去。

唇齒交纏，我對他的吻一點招架力也沒有，就在理智線幾近斷裂時，上課鐘不偏不倚敲響了。

下一秒，簾布冷不防被掀開一角，班長從縫隙探頭進來調侃地說：「嘿，別以為隔著窗簾就能亂丟閃光彈，太亮太強大了啦，窗簾也無法抵擋強光！你們是想閃瞎全班的眼嗎？快回座位上坐好。」

樊勛這才被迫鬆開懷抱，微微斂下眼眸，宛若貓咪般輕舔了舔吻得紅腫的唇，這細微舉動幾乎可說是引人遐想，連班長也看得一愣一愣，耳根子都泛紅了。

我不自覺吞了吞口水，用力掀開窗簾，飛也似地逃回座位上。

4

趁化學老師發放試卷的空檔，我轉頭望向隔壁的空位，心中百感交集，只盼當車鉉封來學校以後，我和他仍能以好朋友的新身分，在未來相互扶持、成長。

儘管有些人認為分手後的戀人，很難當得成真正的朋友，但我對此抱持樂觀。我相信，我和車鉉封絕對可以的。

接過前座同學的考卷後，我收回思緒，從鉛筆盒裡拿出原子筆，快速瀏覽考卷上的試題。

起初只是大略掃過一遍，以為試卷上出現幾道熟悉的題目只是湊巧，誰料，看到最後，我的雙眼完全瞠圓了，只覺得渾身發毛。

這是怎麼搞的？為何這份化學考卷和遊戲中的考題一模一樣？

我反射性抬眼瞥向黑板右下方的日期，3月14日……強烈的既視感令我不寒而慄。

出於一股亟欲想弄清楚原因的迫切渴望，我扔下筆，不顧一切地衝出教室。

隱隱約約，我感覺後方傳來腳步聲，有人從後面追趕我，但我太想一探究竟，無法放慢腳步回頭望。

匆匆越過穿堂、噴水池、來到校門口，我只大約停頓了半秒，就直接往回家的反方向狂奔。

這一路上，我的思緒混亂不已，心跳急遽加速。

今早發生的一連串巧合事件在腦中快速竄過，我更加緊腳步，跑得更急切了。

最詭異的是，離學校愈遠，街上的人車變得愈來愈稀少，到最後居然一個人影也見不著。

大白天的，不可能會有這種事情發生，原本該是熱鬧的大馬路、過往總是人聲鼎沸的商店街、繁忙喧囂的市場，如今空蕩蕩，一片死寂，儼然成了一座空城。

畫面太過震撼，我無法停下來，只能不斷往前衝刺，拚盡全力跑呀跑的，懷抱著僅存的一絲渺茫的希望，祈求眼前所見全只是我的幻覺……

就在我差點要衝過空無一人的對街時，有人以迅雷不及掩耳的速度，從後方使勁拉住我的手，把我整個人用力往後拽。

這阻止的力道來得太急，太猛，以至於我倆雙雙因重心不穩而陡然往地面摔去，對方眼明手快地圈住我的腰，將我穩穩地帶入懷中，並以身體牢牢護住了我，沒讓我受傷。

我一抬眼，撞見的竟是樊勛那對漆黑深邃的瞳眸，「你……你……」

快喘不過氣了，腳也快瘓死，我根本沒有多餘力氣把話說完，只能任由自己無力地躺在他的臂彎裡平復呼吸。

整條街，靜得可怕。

靜到我倆急促的呼吸聲清晰迴盪耳際，彷彿全世界只剩下我和他而已。

貼著他的胸膛，聽著那強而有力的心跳聲，竟是如此令人安心，有種就算天蹋下來也不用害怕的感覺。

許久，等呼吸逐漸平緩下來，他輕撫我的背，以略帶訓斥的低沉嗓音說：「傻瓜，妳是想撞得頭破血流嗎？」

「我……」一時詞窮，我沒料到他會來個先聲奪人。

「妳差點撞上那堵牆。」他稍微抬手，指向距離我們不遠處的一個位置，也就是對街的店門口外。

他說的沒錯，萬一真撞上去，我恐怕就遭殃。

那堵透明牆外的景物，包括整條街的商店，全是虛擬數位布景。

「那堵牆……是啊，你拉住我，是怕我撞上去吧？你早就發現了，卻不跟我說，你怎麼可以騙我？太過分了！」我從他懷裡支起身子，怒瞪他。

「那問問妳自己好了，我能發現的事，妳為什麼就看不見？」他也跟著坐直起來，反過來問我。

「那是因為……沒有漂浮文字啊，沒有遊戲背景音樂什麼的，」我嘀咕地補充一句：「很難看出異常。」

「妳真的覺得沒有任何異常嗎？有很多線索，妳只是不想去揭開。潛意識裡，妳一直在逃避，妳不想探索，妳甚至想乾脆模仿那些沒有生命的ＮＰＣ，日復一日過著無人反對，人人眼中認同的理想生活模式。」

「我……」我再度被堵得啞口無言。

「事實清楚擺在眼前，但妳只想縮回舒適圈。連續一個月以來，太多線索擺在眼前，妳卻選擇無視。妳一直合理化眼前所見的所有事物，而不去懷疑。妳的心蒙蔽了雙眼。直到今天，妳心態有所改變，不想再對眼前明顯到不能再明顯的線索置之不理了，妳才終於能夠看見事情的全貌。」他輕輕捏了捏我的臉頰，嘴角上揚，補了一句：「恭喜妳勇敢跳出舒適圈。」

我有些困窘，他確實說中了我的心聲。

「妳來猜猜，我是什麼時候發現的？」他冷不防拋出問題考我。

我皺緊眉頭，仔細回想這一個月以來的事。

忽然間，一個畫面快速閃過，我想起當時車鉉封轉學到班上時，樊勛表現出一副滿不在乎的反常態度。

於是，我趕緊問：「是不是在車鉉封轉學來以後？」。

「比那時更早。」

「更早？」我大吃一驚。

他趁機敲我額頭，「妳的小腦袋瓜到底是怎麼運作的？」

我摀住額頭，氣呼呼大叫：「不要趁機訓話，快告訴我，我不想猜了！」

「好吧。其實在解安裝後的隔天早上我就發現了。」他回答。

不愧是心機鬼。

我追問：「你是怎麼發現的？」

「穿越黑洞返回庭園的那晚，回房間沉澱心情以後，我忍不住開始懷疑，萬一召喚出黑洞只是遊戲設計的障眼法，想藉機誤導我們，該怎麼辦？於是，為了再一次確認，天一亮我便奔出家門，結果就發現了眼前這副奇特景象。」

「等等！為什麼你發現之後，還故意不說，還帶我當著全班的面——」

他搶先一步回答：「原因很簡單，我很好奇妳是不是回到現實生活以後，真的會遵守那晚的諾言。」

「對不起，我讓你失望了……但是，你明知道這是遊戲世界，還假裝跟我吵架？」

「吵架不是騙妳的，我是真的很生氣。」

「……對不起。」

「我也得向妳道歉，我太心急了。」頓了一下，他說：「太喜歡妳，所以一刻也等不及。妳食言真的讓我打擊不小。」

「如果喜歡我，為什麼還不阻止我和車鉉封交往？」

「那妳呢？為什麼不阻止我和金綾娜交往？」

「那是因為……」可惡，他真的很伶牙俐齒。

他見我遲遲回答不出來，便先說明自己的立場：「先來解釋我的理由好了。坦白說，我當時突然意識到，或許分開一段時間，對我們雙方都好，除了能夠看清內心想要什麼，也可以考驗彼此的愛。並不是說故意要利用車鉉封和金綾娜，畢竟交往這事，本來就是你情我願。說不定在這過程中，妳會喜歡上他。當然，我也有考量到此風險，但我覺得妳最終有權選擇誰才能給妳幸福。我認為，喜歡一個人，只要她能過得快樂，終究還是會尊重她的抉擇。」

「啊……」我愣了一愣，忽然覺得相較之下，自己的理由顯得很幼稚。

「妳呢？除了賭氣之外，妳是不是覺得自己比不上她？」他一語道破。

「誰叫你總是拿我和她做比較……一直重複再重複，好像我很差勁。」我感到委屈，鼻頭一陣酸澀。

「對不起，當時是在氣頭上，才會說出蠢話。但我是真心希望妳能更坦率點，所以才會故意拿她激怒妳。事實上，我從來不覺得妳比不上她，懂嗎？」他輕撫我的臉頰，望進我含著淚的雙眼。

「我難免會在意別人的視線，怕自己在別人眼中配不上你。」我愈發難堪，音量愈來愈小。

「比起在意我，妳反而比較在意其他人的看法。」他臉上泛起一絲苦笑，轉而問：「玥蒔，妳愛的我，是別人眼中的我嗎？」

「不是！」怕他誤會，我急忙否認。

「既然不是，那從今以後，妳必須張大妳那雙美麗的眼睛仔細看我，看著我如何深愛著妳。」他的眸色溫柔，雙手捧起我的臉，口吻堅定：「在我心目中，妳和我，是天生一對。這是無庸置疑的。」

俯下頭，他的吻輕柔地落在我的唇上，如此溫柔，如此深情，我頓時覺得心中無比的溫暖。

離開我的唇後，他愛憐地揉捏我的臉頰，同時輕聲說：「就算維娜斯認定自己比較美，一直欺負三色堇，對它惡言相向又打它，但它仍然很堅強，變得更加有自信，後來贏得了眾神的喝采。我的貓兒臉，妳也得堅強才行。被欺負絕對不是妳的錯，錯的是那些惡劣的人。妳怎能為了迎合他們，放棄自己應得的幸福？倘若今天有人威脅我，要我停止愛妳，即便要付出相當程度的代價，我也絕對不會甘於向惡勢力妥協。我希望妳也不會為了討好別人而屈就自己，幸福掌握在妳的手裡，只有妳有辦法為自己爭取應得的幸福。我會一直在妳身邊守護妳，跟妳一起努力。」

宛若進行一場象徵性的儀式，他先是執起我的手背輕啄，而後又親暱地在我的額頭印上一記柔軟的吻。

他費盡心思開導我，想讓我澈底明白，我是他在這世上最重視的人。

深受感動，淚水不停奪眶而出，我伸手緊緊抱住他：「樊勛，我喜歡你！我真的好喜歡你！謝謝你這麼喜歡我，這麼重視我！」

他揉揉我的頭髮，笑著說：「好了，我們來說通關密語吧？」

「通關密語？」我張大嘴巴問，慢慢鬆開懷抱。

「很久以前，我曾告訴過妳三色堇的花語，記得嗎？」

「花語？我當然記得，只是……車鉉封怎可能用花語當成這款遊戲的——」

他伸指按住我的唇，不讓我打斷，「等離開後我再跟妳解釋，快說。」

收回手指，他定睛注視我，眸光散發著自信，等待我回答。

「有很多個……是哪個？」我愣了一愣。

「給妳提示。五個字。」他瞇起眼笑，補充：「告白成功後常說的。」

聞言，我的心瞬間漏了一拍。

五個字？這是在猜謎嗎？

儘管字數不多，但怕說錯答案，我扳著手指頭數數，「第一個字是讓嗎？」

他點點頭，「對。」

接著，我們幾乎是異口同聲的說：「讓我們交往——」

語音方落，一陣疾風無預警襲來，我們的頭髮都被吹得亂七八糟，我趕忙按住隨風飄揚的裙擺，獎勛的領帶也在風中亂舞，他微瞇眼，神色慵懶，嘴角噙著一抹勝券在握的笑意，似乎很享受這一刻。

當我還在半信半疑之際，陡然間，四周冒出了數不盡的飄浮文字，通通都寫著：【恭喜玩家克服恐懼，獲得真愛。】

緊接著，耳邊奏起曲調輕快活潑的背景音樂，隨著節奏愈來愈明快，周圍的街道場景急速褪色，變成一片白，一道道刺眼強光由四面八方射向我們——

5

下一瞬，我和樊勛已置身於最初進行遊戲設定的密閉空間。

「好大的膽子，你竟敢趁我熟睡時竄改遊戲設定，還將遊戲任務目標擅自改成只要說出愚蠢至極的通關密語就能破關？」一抹熟悉男中音傳了過來。

我抬起頭，發現車鉉封正倚靠在透明微發光的牆邊，手裡拿著一本有點眼熟的本子。

「兵不厭詐。好不容易找到你的弱點，怎能輕易放過？」說完，樊勛迅速從地上爬起，並扶了我一把。

「這到底……是怎麼回事？」我愣了一愣。腦中忽然浮現出上星期五我無意間看見的畫面，莫非樊勛上週五趁著車鉉封睡著時，打開了他手機裡的遊戲設定面板……

樊勛真聰明！

「玥蒔，妳猜得沒錯，他私自改了我的遊戲設定，很腹黑吧？」車鉉封果然有讀心術，我還沒開口問，他馬上回應了我內心的揣測。

坦白說，論腹黑的程度，我覺得這兩人的等級不相上下。

「我這叫做急中生智。處心積慮搞出兩款理想世界的你，才是真正的腹黑。」樊勛撇撇嘴，口氣不屑：「我乾脆連你的企圖也一起說完。在你最初設定的第一種遊戲版本中，你一定是誤以為只要讓玥蒔的處境與我相互對調，我就會自動打退堂鼓，而你就能不戰而勝，很可惜，你當初的如意算盤打錯了。接著，你只好又趁著我們解安裝的時候，重新調整遊戲世界的設定，也就是現在這個版本，利用我和她吵架這點趁虛而入。怎樣？我分析得不錯吧？」

「我的台詞都被你搶走了，你這人還真是不懂得手下留情。」車鉉封兩手一攤，無奈地搖了搖頭，停頓幾秒，才說：「既然你對我殘忍，還以小人之心度君子之腹，我只好收回我的仁慈了。」

「你又想幹嘛？」樊勛立刻擋在我面前，伸手護住我，似乎擔心車鉉封又要像在遊戲裡的第一天那樣要些奇怪的花招。

「車鉉封，你是在開玩笑，對吧？」我滿是擔憂地問。

「我沒有開玩笑，」遲了幾秒，他又說：「因為妳才是這款遊戲裡的玩家，而他只是訪客，誰叫妳當初不把他逐出去，我當時就警告過妳必須承擔後果了。」

「該死的傢伙，你是輸不起嗎？你到底想幹嘛？」樊勛挽起袖子，已經篤定車鉉封準備跟他幹一架了。

「車鉉封，拜託，別傷害他！求求你！」我連忙大叫。

車鉉封噗哧一笑，「玥蒔，如果妳留下來陪我，我就不傷害他，如何？」

「留下來？你是說……」我瞠大雙眼。

「永遠留在這個世界陪我，樊勛就能平安無事的回到現實世界。」車鉉封說。

「玥蒔，不要上他的當！妳不能答應他！他在恐嚇妳！」樊勛轉頭看我，臉色慘白。

「妳願意嗎？」車鉉封又問了一次，眸裡閃著一絲渴求，只有我看得出來。

握緊雙拳，我咬著牙說：「我願意——」

「申玥蒔，妳……」樊勛氣到說不出話來，往後踉蹌一步，雙手抓著自己的頭髮。

「我、我還沒說完，」我深吸了一口氣：「我願意盡最大的能力阻止你傷害他，但無論如何，我都不會離開他，不管到哪裡，我永遠都不會離他而去。」

「嗯，妳果然覺悟了，好吧，我是開玩笑的啦！就算他沒有竄改遊戲任務，我也會把妳還給他。勉強而來的愛，根本不算是愛。」車鉉封溫溫一笑。

我鬆了一口氣，撫住胸口直呼：「太好了……還以為是真的……」

「車鉉封，一點也不好笑！」樊勛嘴角一抽，分別瞪了我和他一眼，吐了一句：「玥蒔，我還以為妳真的會被他恫嚇成功。」

「樊勛先生，你要更有耐心一點。」車鉉封回瞪。

「少多管閒事。」樊勛不以為然，挑挑眉。

我忽然察覺到，每次樊勛只要正面迎擊車鉉封，脾氣就會變得奇差無比。上次吃飯時，肯定也很忍耐。

而車鉉封似乎總是以捉弄他為樂？

「哈哈哈，話說回來，我還是不能對你太寬容，」車鉉封彎起眼，像隻老謀深算的狐狸般賊一笑，「離開前，我必需要告訴你們一件很殘酷的事。玩家的記憶會被保留，但訪客不會。」

「為、為什麼？」我的心情瞬間跌落谷底。

「你也未免太可惡了，你以為這樣就足以拆散我們？」

「這是為了替我留一點後路啊，萬一哪一天玥蒔承受不了現實生活的殘酷，也許會回來尋求我的協助，讓我再次成為她溫暖的後盾。反正你醒來後，什麼也不會記得。」車鉉封笑嘻嘻地說，兩手收在背後。

「她才不會。」樊勛冷聲反駁。

「哦？你對她有信心嗎？」車鉉封再度試探。

沉默片刻，樊勛扭頭望著我，眸光微黯，不安地問：「妳總不會再食言一次吧？如果我不記得這些事，而妳在現實世界又遇到挫折時，妳會臨陣脫逃嗎？」

「絕對不會！相信我，這次我不會再食言了！」我信誓旦旦表示：「我絕對會守住我們的愛情！」

「這次要靠妳一個人了，玥蒔。」車鉉封說。

有了我的承諾，樊勛恢復了自信：「她才不是一個人，就算沒有遊戲裡的記憶，我也很愛她，我是用靈魂愛著她的。」

「真感人，好吧，我輸給你，算是心服口服了，至少你很有決心。」車鉉封轉而看向我：「那我們來道別吧？」

「慢、慢著，車鉉封，你還沒告訴我你的祕密，那天勾勾手的時候，你說要交換祕密……你到底是誰？」我緊張地說。

「我早就說了。我是太陽。」

「太陽？怎麼可能？你真愛說笑……」

「嚴格說起來，我是太陽的一部分，來自很遙遠的地方，我是來這裡旅行的，為了尋找我命定的她。那天我正好在便利商店前遇見妳和妳的好友，不經意聽見了妳們有趣的對話。所以為了引起妳注意，我靈機一動，瞬間為妳創了這款ＡＰＰ。假如妳們當初討論的是別種東西，也許我就會改以其他的方式來認識妳。」

如果他真的是太陽，那麼，那天停電真是因為閃焰的緣故囉？

「你還真是厚臉皮。」樊勛蹙眉，冷笑一聲。

「我說過啦，適當的厚臉皮是攻略愛情的方式，你厚臉皮的程度也不亞於我，所以你才有辦法追到玥蒔。」

「你這混帳，油嘴滑舌的。」

「所以你說你五十億歲是真的囉？」眼見他們又要開始鬥嘴，我趕緊出聲，以免話題被扯遠。

「他當然是騙妳的。」樊勛代替他答。

「信不信由妳。」車鉉封倒是笑得高深莫測，走到我面前來，拍拍我的頭說：「總之，回到真正的現實生活，才是真正冒險的開始。在遊戲世界中經歷的一切只是試水溫而已，你們將會在現實世界面臨更多的考驗。不光只是區區一個通關密語所能達成。妳要更加勇敢、堅強，遇到挫折不要氣餒，失敗了再反覆嘗試，總是會找到回家的路，好嗎？」

這無疑是離別的前奏，心頭一揪，淚水不禁在眼眶開始打轉。

「好……」我語帶哽咽。

樊勛雙臂抱胸，不再插嘴，只是靜靜地等待。

「對了，這東西對妳來說很重要吧？一起把它帶回現實世界？」車鉉封把手裡的本子遞給我。

我終於認出這是上次整理書桌時的那本空白筆記。打開一看，本子裡藏有一張用三色堇花瓣製成的書籤。

「你……你幫我把它做成書籤了？」我驚訝萬分。

「第一次做，不太上手，希望妳會喜歡。」他靦腆一笑，白淨的臉龐泛紅。

「我……」我摀住嘴，差點說不出話來，抽抽噎噎地回答：「我很喜歡，謝謝你。」

「當作紀念。別忘了要勇敢，我會想念妳的。」車鉉封仍維持笑容，不願展現出離別的悲傷。

「我們還能再見面嗎？」我問。

車鉉封笑而不答，只是輕輕抱我一下後又隨即放開。

半晌，他舉起手，一臉燦笑，正式揮手道別，「好啦，我就目送你們到這了，再見。」直到真正離別的這一刻，他依舊打算在我面前強顏歡笑。

「再見。」我和樊勛齊聲說。

消失前，我彷彿瞥見車鉉封的眸裡閃著一絲感傷的淚光。

——再見了，我燦爛的太陽，謝謝你。

我在心裡默念。

6

眨眼間，場景瞬間回到了庭園。黑夜。

在長椅前，我看到了熟悉的黑洞，心裡陡然一震，提醒我們仍處於遊戲中。

只不過，這是即將離去的最後一刻。

這回，黑洞，象徵著未知，在前方等待著我們的是無以計數的真實考驗。

遊戲可以重來，但現實無法，因此必須很謹慎看待每件事。

「只要一腳跨過去，我們就能回到現實……而你，不會記得所有在這裡發生的事，感覺好奇怪……」我情不自禁喃喃地說。

察覺我不安的情緒，樊勛一把緊握住我的手，在我耳畔柔聲低語：「別怕，沒有了這段記憶，我還是我，我會永遠守護妳，這個信念，不管到哪，都不會改變。記得，要勇敢。」

「……嗯！」受到他的鼓舞，我產生了無比信心。

接著他問，「妳準備好了嗎？」

「準備好了，我們回家吧！」

做好萬全的心理準備後，我緊緊握著他的手，和他一起邁出腳步——

尾聲

離開遊戲，回到現實的那晚，樊勛果然不記得一切了。

他的第一句話是：「妳怎麼自己一個人待在這？」

望了望四周，燈光通亮，庭園裡的花朵一夜盡開，美不勝收。

浸沐在這片寧靜的氛圍中，飄落在我們周圍的不是雨，而是漫天飛舞的粉色花瓣，優雅迷人的甜美香氣在空氣中蕩漾。

月光明朗，繁星璀璨，在夜色的勾勒下，樊勛輪廓分明的絕美臉龐更顯白皙透亮。

他掃視庭園一圈，微微挑眉，沉沉眸光中閃爍著困惑和迷惘，似乎也對眼前的奇特景象感到不可思議。

他伸出手，攤開手心，一片貓兒臉的花瓣恰巧落在其上。

我從長椅上起身，緩緩朝他走近，最後，在他面前停下腳步，仰起頭凝望他。

我微笑道：「我不是一個人。」

他詫異，目光移回我的臉上，「不是嗎？」

「我是和你在一起的。」

趁著他仍在琢磨這句話的含意時，我擠出有生以來最大的勇氣，輕輕墊高腳尖，兩手搭在他的頸項，主動吻上了他溫熱微啟的薄唇。

他先是訝然，而後很快就順著內心熱切的渴望，從我身上奪回主導權，一手攬住我的腰，急切地把我壓入他的懷中，另一手親暱地撫摸我的頭髮。

他的吻溫柔而炙熱，摩挲淺嘗唇瓣後，又以舌尖霸道地撬開我的唇，吮吻汲取縈繞在彼此唇齒間的芬芳。

呼吸交融之際，我能清楚感受到我和他的心正激烈跳動著。

如夢似幻的一刻，終於在現實裡成真了。

吻了好一會兒，他微喘著氣，眷戀不已地鬆開我的唇，臉上堆滿驚喜與感動，雙手有些顫抖地捧住我的臉，深情凝視我，遲遲說不出話來。

靜默半晌，他終於開口，嗓音略為沙啞，「我這是在作夢嗎？」

我捏了捏他的臉頰，模仿他之前在遊戲中曾對我說過的話：「會痛嗎？貓兒臉先生。」

「貓兒臉？妳居然還記得這詞。」他受寵若驚，微瞇起眼，執起我的手，放在唇上像貓咪一樣輕舔我的手心。

我觸電般把手猛地縮回去，「笨、笨蛋，好癢！」

「妳剛剛竟然主動吻我，說，到底發生什麼事了？妳怎麼會突然像變了個人似的？」

「這一切都是因為你的緣故？」我答。

「因為我？」他張大雙眼，不敢置信，指著自己。

「是你讓我改變的。」我點點頭。

「我？」他失笑，重複問了一次。

「是你，就是你，樊勛，你是我命運般的戀人，我的世界不能沒有你。」

聽完，他唇角勾起一抹若有似無的弧度，帶著點戲謔的口吻說，「好吧，如果這不是我的夢，那，也許這是妳的夢，我在妳的夢裡。我們在夢裡相愛。」

顯然，他依舊無法相信這一切是真的。

心疼他這兩年來的漫長等待，懊悔的淚水頓時溢滿眼眶，我顫抖著聲音向他承諾，「樊勛，這不是夢，從今以後，我保證自己不會再退縮了，我不會再假裝不愛你了。」

他的額頭緊貼在我的額前，啞著聲低喃：「坦白告訴我，這是情人節的奇蹟嗎？奇蹟會不會只存在於今晚，僅此一夜？」

「不管你信不信，過了這一夜，奇蹟仍會延續下去！我一直都很喜歡你，不管是以前，或是現在，甚至是未來，全世界我最喜歡的人就是你。」

「妳也是我在這世上最愛的人。讓我一直陪在妳身旁，好嗎？」

「嗯。」我毫不猶豫答道。

二月的風透著些微涼意，徐徐吹來時，他脫下外套，披在我肩上，牽起我的手，「我們進屋去吧。」

「我待會有故事想跟你說。」我依偎著他，邊走邊說，「要花好長一段時間才說得完。」

「什麼故事？」他好奇，側著頭看我，又忍不住追問一句，「誰的故事？」

「我與你的愛情故事。」

這天，我終於澈底明白，無論身處何方，只要懷抱著勇敢的堅定信念，終將找到專屬於我們的幸福。

—全文完—

要青春73　PG2434

要有光
FIAT LUX

你好，我命運般的戀人

作　　者	謙　緒
責任編輯	喬齊安
圖文排版	蔡忠翰
封面設計	劉肇昇

出版策劃	要有光
發 行 人	宋政坤
法律顧問	毛國樑　律師
印製發行	秀威資訊科技股份有限公司 114台北市內湖區瑞光路76巷65號1樓 電話：+886-2-2796-3638　傳真：+886-2-2796-1377 http://www.showwe.com.tw
劃撥帳號	19563868　戶名：秀威資訊科技股份有限公司 讀者服務信箱：service@showwe.com.tw
展售門市	國家書店（松江門市） 104台北市中山區松江路209號1樓 電話：+886-2-2518-0207　傳真：+886-2-2518-0778
網路訂購	秀威網路書店：https://store.showwe.tw 國家網路書店：https://www.govbooks.com.tw
總 經 銷	聯合發行股份有限公司 231新北市新店區寶橋路235巷6弄6號4F 電話：+886-2-2917-8022　傳真：+886-2-2915-6275

出版日期	2020年11月　BOD一版
定　　價	300元

Printed in Taiwan

國家圖書館出版品預行編目

你好,我命運般的戀人 / 謙緒著. -- 一版. -- 臺北市 : 要有光, 2020.11
面 ;　公分. -- (要青春 ; 73)
BOD版
ISBN 978-986-6992-56-8(平裝)

863.57　　　　　　109016168

讀者回函卡

感謝您購買本書，為提升服務品質，請填妥以下資料，將讀者回函卡直接寄回或傳真本公司，收到您的寶貴意見後，我們會收藏記錄及檢討，謝謝！

如您需要了解本公司最新出版書目、購書優惠或企劃活動，歡迎您上網查詢或下載相關資料：http:// www.showwe.com.tw

您購買的書名：________________________________

出生日期：________年________月________日

學歷：□高中（含）以下　□大專　□研究所（含）以上

職業：□製造業　□金融業　□資訊業　□軍警　□傳播業　□自由業

□服務業　□公務員　□教職　□學生　□家管　□其它_____

購書地點：□網路書店　□實體書店　□書展　□郵購　□贈閱　□其他

您從何得知本書的消息？

□網路書店　□實體書店　□網路搜尋　□電子報　□書訊　□雜誌

□傳播媒體　□親友推薦　□網站推薦　□部落格　□其他__________

您對本書的評價：（請填代號　1.非常滿意　2.滿意　3.尚可　4.再改進）

封面設計____　版面編排____　內容____　文／譯筆____　價格____

讀完書後您覺得：

□很有收穫　□有收穫　□收穫不多　□沒收穫

對我們的建議：________________________________

____

____

____

請貼
郵票

11466
台北市內湖區瑞光路 76 巷 65 號 1 樓
秀威資訊科技股份有限公司 收
BOD 數位出版事業部

（請沿線對折寄回，謝謝！）

姓　　名：＿＿＿＿＿＿＿＿　年齡：＿＿＿＿　性別：□女　□男

郵遞區號：□□□□□

地　　址：＿＿＿＿＿＿＿＿＿＿＿＿＿＿＿＿＿＿

聯絡電話：（日）＿＿＿＿＿＿＿＿（夜）＿＿＿＿＿＿＿＿

E-mail：＿＿＿＿＿＿＿＿＿＿＿＿＿＿＿＿＿＿